봉사 장편 소설

FUSION FANTASTIC STORY

스킬러

SKILLER

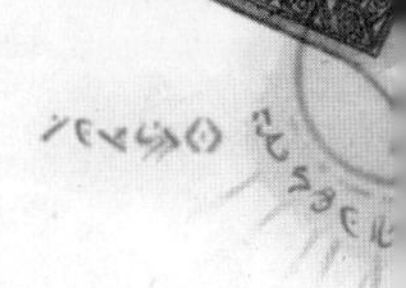

스킬러 4

봉사 장편 소설

초판 1쇄 찍은 날 § 2014년 12월 30일
초판 1쇄 펴낸 날 § 2015년 1월 5일

지은이 § 봉사
펴낸이 § 서경석

편집부장 § 권태완
편집책임 § 박용서

펴낸곳 § 도서출판 청어람
등록번호 § 제387-1999-000006호
등록일자 § 1999. 5. 31
어람번호 § 제1-2014호

주소 § 경기도 부천시 원미구 부일로 483번길 40 서경B/D 3F (우) 420-822
전화 § 032-656-4452 팩스 § 032-656-4453
http://www.chungeoram.com
E-mail § chungeorambook@daum.net

ISBN 979-11-04-90043-3 04810
ISBN 979-11-316-9276-9 (세트)

봉사 장편 소설

FUSION FANTASTIC STORY

스킬러

CONTENTS

SKILLER
스킬러

제26장
새로운 위계

이성이 공포에 마비될 때, 정의롭지 못한 권력은 힘과 명분을 얻는다!

지구에 닥친 이례적인 강진과 후이넘의 침공으로 인해 타인에 대한 사람들의 불신과 배척은 1, 2차 세계대전과는 비교할 수도 없을 만큼 깊은 상처를 인류에게 남겼다.

각국 정부는 피해 사실을 축소, 은폐했지만 피해 지역이 워낙에 광범위하다 보니 그것도 곧 한계에 직면했다.

이에 권력자들은 새로운 방식의 지배를 생각하지 않을 수 없었다.

국가의 유지는 곧 자신들의 기득권과 안전을 지키는 일이기도 했다.

정부의 방호 지역 지정 결정은 기득권층의 열렬한 지지를 받았다.

현성은 선화의 집으로 공간 이동 했다.

전기가 공급되지 않아 그녀의 집 안은 푹푹 찌는 찜통이었다.

전기 사정이 좋았던 이 지역은 정부의 방호 지역 지정 결정이 발표된 후 사정이 점점 열악해졌다.

이는 자원을 한곳에 집중하고 있음을 뜻한다.

딸깍.

"현성 씨."

선화는 현성을 위해 방 하나를 늘 비워두었다.

전처럼 수유 중에 등 뒤에서 그가 갑자기 나타나는 사태를 미연에 방지하기 위함이었다.

현성은 매번 장(?)을 보러 나올 때마다 선화와 아기를 위해 생필품과 식량을 한 배낭 가득 담아 선물했다.

식량과 물자의 통제가 엄격해지고 있는 시점에서 그의 존재는 모녀에겐 가뭄의 단비요, 구명보트와도 같았다.

잠든 아이를 위해 부채질을 해주던 선화가 반가운 표정으로 그를 맞이했다.

최근 그녀의 집엔 한 명이 더부살이 중이다. 바로 조준희 기자였다.

조준희의 부모님은 지난 후이넘 2차 침공 당시, 정부군이 발포한 탄에 맞아 무너진 건물에 깔려 목숨을 잃었다.

인구 밀집 지역에서의 후이넘 소탕은 이처럼 비극적인 결실을 보게 했다.

로마로 유학 간 스킬러들의 귀국이 시급했지만 요원한 희망일 뿐이었다.

산속과 도심의 기온은 같을 수 없다. 공기의 질도 다르다.

"무덥군요."

"그렇죠. 단전이라 선풍기도 못 돌려요."

"그렇군요. 조 기자님은?"

선화가 권한 자리에 앉으며 현성이 물었다.

"민연이 집에 갔어요. 곧 돌아올 거예요."

"그렇군요."

민연과 승진은 법원이 공소 기각 결정을 내려 풀려났다. 이러한 법원의 판결은 차기수 국장이 자진 사퇴를 발표한 후 바로 이루어졌다.

하지만 공무원의 신분으로 수배자와 연루된 사실은 명확했기에 두 사람 모두 가택 연금에 처해졌다.

남녀는 정부의 강도 높은 감시를 받고 있었는데 이는 이들과 현성이 재접촉할지도 모른다는 정부의 판단에서다.

특수국은 차 국장의 사퇴 이후 그 위상이 한층 높아졌고 그 이름도 이젠 화랑단으로 바뀌었다.

현재 화랑단은 내부 조직 개편에 박차를 가하고 있었다.

"음료수 내올게요."

"감사합니다."

현성은 곤히 잠든 선화의 딸 지하를 내려다보았다.

무슨 좋은 꿈을 꾸는지 아기는 방긋방긋 해맑게 웃고 있었다.

저 아이가 지금 바라보는 세상은 과연 어떤 곳일까?

현성은 지하의 꿈속이 문득 궁금해졌다.

"우리 지하 예쁘죠."

아이스박스에서 가져온 음료수를 현성에게 내밀며 선화가 말한다.

잦고 긴 단전은 냉장고의 역할을 찬장으로 바꿔놓았다.

"편안해 보이는군요."

"저 아이가 살아갈 세상은 지금 같지 않았으면 좋겠어요."

자식 가진 모든 부모의 한결같은 소망이리라.

"그런 날이 올 겁니다."

"참, 박 경장님이 어제 오셨어요. 현성 씨를 뵙고 싶어 하던데. 연락할까요?"

경장 박순철. 그는 전날 두 동료와 함께 저 거실 구석에 갇혔던 세 명의 경찰 중 가장 연장자다.

그날 이후 박 경장과 이명민 경사, 박호순 순경은 틈틈이 모녀를 보살펴 주고 있었다.

박순철 경장이 자신을 찾는다는 말에 현성은 고개를 갸웃거렸다.

"예, 그러세요."

현성의 승낙이 떨어지자 선화가 휴대폰으로 연락을 취했다.

정부는 통신망을 항상 최우선적으로 유지했다.

이는 국민들의 불안감을 완화시키려는 전략의 일환이다.

소통은 사람들로 하여금 여전히 그들이 사회의 구성원이라는 자각을 하게 만들고 정부에 의지하려는 연약한 마음을 유지시킨다.

세상을 멀리서 바라보는 것과 그 속에 섞여 이리저리 부대끼며 살아가는 것은 엄연히 다르다.

현성은 늘 멀리서 바라보는 TV 밖 시청자의 입장으로 세상을 보았다.

그런 그가 세상 속에 들어가 살게 됐다.

변화된 그의 삶의 첫 출발점은 아연과 희연 자매부터였다.

그리고 그 출발 이후로 인연의 고리가 늘어나면서 삶에 임하는 자세를 바꾸어놓았다.

"비빔국수 다 됐어요, 현성 씨."

오랜만에 주부의 아이템인 앞치마를 두른 선화가 쟁반을 갖고 나온다.

빨갛게 물든 국수와 그 위에 얹어진 반쪽의 삶은 계란, 채썬 오이와 당근, 그리고 고소함으로 매운맛을 상쇄시키는 두세 방울의 참기름이 미각을 자극한다.

선화는 오랜만에 자신의 손맛을 총동원했다.

뜨거운 햇살이 베란다 창문을 뚫고 거실에 내리꽂힌다.

잠든 아이를 위해 현성이 몸으로 그 따가운 햇볕을 막고 앉아 있다.

무더울 텐데도 아이를 위해 묵묵히 배려하는 그의 모습에 선화는 진심에서 우러나오는 감사의 미소를 짓는다.

"일어나기 싫은데… 가져다주시겠습니까?"

햇살의 위치는 여전히 아기의 잠든 얼굴을 노린다.

무뚝뚝한 이 남자의 배려는 여자의 감성을 자극한다.

이를 드러냈다간 저 남자가 쑥스러워할지도 모른다. 이러한 생각에 여자는 마음속 생각을 꺼내지 않고 말한다.

"지하는 방에 재울게요."

"곤히 자는 것 같은데 깨지 않겠습니까? 저 때문이라면 전 괜찮습니다."

선화의 아기는 참 예쁘고 순했다.

젊은 엄마의 거대하고 딱딱하게 응어리진 슬픔은 그래서 매일매일 녹고 있었다.

"햇살이… 따갑지 않나요?"

"전 광합성을 좋아합니다."

"맛이 있으려나 모르겠네요."

무표정하고 무뚝뚝한 남자다.

하지만 그 속은 의외로 따뜻하고 정의롭다.

불신과 배척의 이 위험한 시대에 저와 같은 남자를 알게 된 것에 선화는 깊은 감사를 느꼈다.

한 젓가락 입에 넣는 현성을 바라보며 선화가 묻는다.

살짝 긴장한 그녀의 모습은 무척이나 귀엽고 사랑스럽다.

저런 아내와 아기를 남겨두고 떠난 남편의 심정은 모르긴 해도 갈가리 찢어졌으리라.

"입에 맞으세요?"

"맛있습니다."

그의 칭찬에 선화는 오랜만에 환하게 웃었다.

그러다 그가 지나치게 광합성(?)을 하는 것 같아 베란다로 걸어가 그의 차양막이 되어주었다.

'어멋, 햇살이 이렇게나 뜨거운데.'

직접 햇살을 맞아보니 여간 뜨겁지 않다.

현성에 대한 고마움이 다시 한 번 샘솟는 선화다.

젓가락질을 멈춘 현성이 선화를 바라본다.

작고 가녀린 체격의 여성이다.

가족 모두를 잃은 그녀에게 남은 유일한 가족은 곤히 잠든 아기가 전부다.

그녀에게 저 작은 아기는 그녀가 숨 쉴 수 있는 유일한 통로이자 안식처이리라.

선화는 수유를 위해 잠이 깬 지하를 데리고 안방으로 들어갔다.

그제야 따가운 햇살로부터 현성은 벗어날 수 있었다.

'덥긴 덥네.'

할 일이 없다.

TV도, 인터넷도, 라디오도 나오지 않는다.

창밖에선 매미만 요란하게 울어댄다.

수유를 끝낸 선화는 지하의 기저귀를 갈아준 뒤 아기의 등을 토닥이며 소화를 도왔다.

작고 빨간 아기의 입술에서 '꺼억!' 하는 시원한 트림이 터진다.

아기는 제 트림에 놀란 듯 두 눈을 동그랗게 뜨곤 제 엄마의 작고 가는 어깨 위로 짧고 통통한 두 팔을 허우적거렸다.

절로 웃음 짓게 하는 장면이다.
현성과 아기의 눈이 마주친다.
아기는 알아듣기 힘든 옹알이를 했다.
옹알이는 점점 뚜렷한 목소리로 다듬어졌다.
"압아… 아빠!"
현성은 충격을 받은 듯 잠시 멍한 표정으로 지하를 쳐다본다.
선화는 제 아이가 처음으로 말했다는 사실에 신기함과 기쁨을 느꼈다.
하지만 곧 그 기쁨만큼이나 큰 민망함과 안쓰러움에 빠져들었다.
복잡한 감정이 선화의 내면에서 부풀어 오른다.
"미, 미안해요. 현성 씨, 많이 놀라셨죠?"
"아기 목소리가 예쁘군요."
"고, 고마워요."
선화는 현성이 지하의 말을 대수롭지 않게 받아들인다고 생각했다.
하긴 아무것도 모르는 아이가 한 말을 상대가 크게 받아들일 것이라 믿어버린 자신이 오히려 이상한 것이리라.
화끈.
부끄럽다. 하지만 처음으로 듣게 된 딸아이의 또렷한 목소리를 떠올리며 그녀는 한없는 기쁨을 느꼈다.

엄마의 품 안에 안긴 지하가 바동거린다. 아니, 꿈틀거린다.

토닥토닥.

엄마의 상냥한 손길과 작은 노랫소리는 아기에게 마법이 된다.

버둥거리던 지하는 이내 세상에서 가장 맑은 눈빛을 가진 점잖은 관객이 됐다.

헤에헤에.

아기의 작은 손이 엄마의 볼을 만지작거린다.

그렇게 두 시간쯤 흘렀다.

조준희 기자와 박순철 경장이 전기와 함께 집 안으로 들어왔다.

버튼이 눌려져 있던 선풍기가 빙빙 돌아가며 집 안의 더운 공기를 몰아낸다.

"오래 기다렸죠? 현성 씨."

준희와 달리 박 경장은 약간 어색한 표정으로 현성에게 인사를 건넸다.

지하를 안고 있는 선화를 대신해 준희가 손님 대접을 한다.

싱크대에 담긴 그릇을 본 준희가 선화에게 말한다.

"비빔국수 해 먹었어? 나도 오늘 그게 땡겼는데. 저녁에 해줘."

"어, 알았어."

모두가 거실에 둘러앉았다.

박순철 경장이 먼저 용건을 밝혔다.

현성에 대한 그의 어색함은 여전히 풀리지 않고 있었다.

"여러분도 아시겠지만 정부는 사람들을 차등해 삼 단계로 구분된 지역에 거주하게 할 계획을 발표했습니다. 정부의 발표가 있기 이전 각 지구대와 동사무소 등에 거주민 실태 조사 명령이 있었습니다. 저희는 그때 그것이 방호 지역 거주자 결정에 영향을 미칠 것이라곤 생각하지 못하고 그대로 작성해서 보고했습니다. 그런데 이틀 전 그 보고서가 방호 지역 거주자 결정에 중요한 자료가 되었다는 것을 알게 됐습니다."

여기까지 설명한 박 경장은 갈증을 느낀 듯 연거푸 음료수를 들이켰다.

이제부터가 중요한 이야기라는 듯.

"당시 제가 쓴 그 보고서 때문에 선화 씨와 지하가 일반 지역민으로 분류되었답니다. 조만간 강제 이주 명령이 떨어질 것 같습니다."

방호 지역은 최우선, 우선, 일반으로 나뉜다.

일반은 사람들이 기피하는 거주 지역이다.

삶의 질이 열악한 그런 곳에 애 딸린 젊은 미망인이 배정받았다.

무척이나 힘든 삶이 선화를 기다리게 된 것이다.

"죄, 죄송합니다, 선화 씨. 제 보고서 때문에."

일반 지역에 대한 흉흉한 소문은 선화와 준희 모두 들어 알고 있었다.

정부는 이를 루머로 일축하고 있었지만 대부분의 사람은 루머를 믿었다.

막막한 심정에 빠진 선화는 지하를 안고 있단 사실을 깜빡하고 그만 팔에 힘을 주었다.

"응애 응애!"

온순하고 얌전한 지하도 자신의 몸에 위해를 가하는 힘 앞에서는 여느 갓난쟁이처럼 울었다.

그제야 정신을 차린 선화는 허둥지둥 지하를 달래었다.

그래도 지하의 울음은 그치지 않았다.

할 수 없이 선화는 지하를 데리고 자리를 옮겼다.

아기의 울음이 현성, 준희, 박 경장의 마음속에서 묵직하게 맴돌았다.

현성이 박 경장을 바라보았다.

"절 보자고 하신 이유가 정확히 무엇입니까?"

"저보단 현성 씨가 모녀에게 도움이 되지 않을까 싶어서 뵙자고 청했습니다."

차민연이나 그의 부친이 건재했다면 선화의 등급은 달라졌으리라.

준희 역시 선화를 도울 만한 힘이 없다.

그녀 자신도 운이 좋으면 우선, 아니면 선화처럼 일반으로 떨어질 공산이 농후했다.

"박 경장님은 왜 모녀를 위해 이런 위험을 감수하시는 겁니까?"

"마음이 불편해서요. 하지만 일개 경장인 저의 힘으로는 도저히 그 방법을 찾아낼 수가 없었습니다. 제 생각엔 현성 씨라면 방법이 있지 않을까 싶습니다."

"제게 방법이 있다고 봅니까?"

권력의 핵심에 있던 차 국장이나 스킬러인 민연까지 자신과 연관되었다는 이유만으로 추풍낙엽처럼 나가떨어졌다.

하물며 백도 줄도 없는 선화라면 자신 때문에 더 큰 곤경에 처할 수 있었다.

박 경장은 다시 한 번 자신의 생각을 정리한 뒤 천천히 입을 열었다.

"제 직업상 이런 얘길 꺼내는 게 옳진 않지만 거주권을 거래하는 업자를 소개해 드릴 수 있습니다."

편법이란 어느 시대를 막론하고 통용되어 왔다.

하지만 그것은 미봉책으로 또 다른 악순환을 불러올 수 있다.

현성은 이를 우려하고 있었다.

신중한 현성의 태도에 조준희 기자는 '그가 나설 마음이 없구나!' 라고 생각했다.

박 경장 역시 그녀와 마찬가지 생각을 한 듯 실망감을 드러냈다.

한참 동안 입을 꾹 닫고 있던 현성이 드디어 입을 열었다.

"제가 전면에 나서면 좋을 게 없다는 생각이 듭니다. 대리인을 내세웠으면 합니다."

굳어 있던 두 사람의 표정은 그제야 풀렸다.

조준희 기자는 그가 선화의 일을 방관하지 않자 몹시 기뻐했다.

박 경장 역시 한시름 놓았다는 표정을 지었다.

"제가 현성 씨를 대신해서 일처리할 사람을 알아봐 드릴까요?"

적당한 사람이 떠오른 듯 조준희 기자는 자신만만한 표정으로 말했다.

"준희 씨가 믿을 수 있는 사람이라면 저도 좋습니다. 그 일은 박 경장님과 상의해서 그들과 협상해 보십시오. 제가 할 수 있는 지원이 있다면 최선을 다해 돕겠습니다."

든든한 후원자의 확답을 얻게 된 박 경장은 한시름 덜었다는 표정으로 돌아갔다.

준희는 현성과 따로 할 이야기가 있다며 자리를 옮기자는 제안을 했다.

현성은 준희와 함께 아파트 옥상으로 자리를 옮겼다.

"민연이가 현성 씨께 전해달라는 편지예요."

편지를 받아든 현성이 이를 펼쳐 들었다.

간단한 안부 인사로 시작된 민연의 편지는 그에 대한 걱정과 염려로 장식되어 있었다.

편지 말미는 민연의 마음이 담긴 한 줄의 글귀로 마감됐다.

꼭 다시 봐요, 현성 씨.

현성이 편지를 품속에 갈무리하자 이를 확인한 준희가 짓궂은 표정으로 말했다.

"민연이가 현성 씨에게 단단히 빠졌나 봐요. 제가 알던 민연이는 남자에게 연연하는 그런 아이가 아니었거든요."

"그녀는 괜찮습니까?"

민연을 생각하면 현성은 우선 미안함부터 느꼈다.

선화와 준희를 잘 대해주는 이면엔 그녀에 대한 이러한 마음이 크게 작용했다.

그리고 민연을 생각하면 가끔…

'설렘인가?'

준희는 현성의 얼굴을 뚫어버릴 듯 빤히 쳐다보았다.

대개의 남자는, 아니, 사람들은 짓궂은 질문을 받게 되면 어떤 식으로든 자신의 감정을 얼굴에 드러내게 된다.

하지만 저 남자는 전생이 돌부처인 듯 표정만으론 도저히 그 속을 파악하기 쉽지 않았다.

놀리는 것도 상대가 반응을 보여야 재미난 법.

준희는 두 손 들어 항복을 선언했다.

"현성 씨의 포커페이스는 대단하네요."

"……?"

"아니에요. 질문에 대한 답을 할게요. 그녀의 상황은 좋은 편이 아니에요. 아버님도 마찬가지고요. 이십사 시간 감시받는 삶이 좋을 리 없겠죠."

준희의 말투는 가벼웠지만 그 내용은 무겁기만 하다.

"자책하지는 마세요. 민연이도 그렇고 아버님도 현성 씨를 탓하지 않아요. 그리고 이번 화랑단의 조직 개편이 끝나면 두 사람에게 내려진 가택 연금도 풀릴 공산이 커요. 감시는 여전하겠지만 그래도 그게 어디예요."

말을 끝낸 준희는 옥상 담장으로 걸어갔다.

이젠 차량의 끝없는 행렬도, 형형색색의 네온사인도 더는 이 도시에서 찾아볼 수 없다.

"도시가 점점 황폐화되어 가고 있는 것 같아요. 사람들의 삶도……."

준희의 눈엔 그리 보이나 보다.

그녀의 곁에 선 현성도 주변을 둘러보며 동의한다.

"그렇군요."

"현성 씨, 정말 이십 대 초반이 맞긴 맞나요? 태도나 말이 너무 의젓해서 그래요. 꼭 세상 다 산 영감님 같다고나 할까? 그렇다고 제가 당신을 고리타분한 사람으로 보는 건 아니에요. 호호, 그리고 선화를 도와줘서 진심으로 고마워요."

"다른 하실 말씀이 없으시면……?"

불이 꺼진 집 안에서 누군가 이쪽을 주시하고 있었다.

그 위치는 선화의 집 맞은편.

방금 그 누군가가 이쪽을 바라보다 황급히 몸을 숨겼다.

그자의 손엔 망원경이 들려 있었다.

현성의 눈빛은 먹잇감을 발견한 야수처럼 번뜩였다.

"무슨?"

"집으로 돌아가십시오. 전 이만 가봐야 할 것 같습니다."

* * *

"제길! 들켰어."

"뭐?"

"확실하지는 않아. 하지만 방금 그녀와 함께 있던 남자와 눈이 마주친 것 같아. 내 생각엔 아마 '그' 일 거야."

"저 옥상과 여기까지 거리가 얼만데. 과민 반응 하지 마. 일단 신호는 보낼게."

불확실한 내용이었지만 동료가 언급한 '그' 라는 지칭에 남자는 핸드폰을 꺼내어 버튼을 길게 눌렀다.

현성과 눈이 마주쳤던 남자는 신중한 목소리로 동료에게 말했다.

"철수해야겠어. 느낌이 좋지 않아."

이들은 국정원 요원들로 차기수 전 국장과 접촉하는 인사들을 감시하는 임무를 맡고 있었다.

이들의 눈에 띈 조준희 기자는 그간 이들의 은밀한 감시를 받아왔다.

어딘가로 신호를 보냈던 남자는 동료의 말을 내심 되새김질했다.

두 사람의 공식적인 신분은 정부 기관인 국정원 소속이었다.

하지만 이들이 개인적으로 소속되고 충성을 맹세한 조직은 따로 있었다.

남자가 신호를 보낸 곳은 두 사람이 개인적으로 충성을 맹세한 조직이었다.

“좋아, 일단 철수……!”

철수를 결정한 두 사람이 막 몸을 돌리던 찰나였다.

낯선 그림자 하나가 눈앞에 우뚝 서 있었다.

놀란 두 사람은 전광석화와 같은 솜씨로 권총을 빼 들었다.

두 사람의 총구는 불청객을 겨냥하기도 전에 힘없이 고개를 숙여야만 했다.

불청객이 든 두 자루 권총의 총구가 두 사람보다 더 빨리 움직였기 때문이다.

“총은 내려놔라.”

차갑고 무뚝뚝한 목소리가 두 남자를 협박했다. 두 사람은 상대의 눈치를 살피며 천천히 권총을 내려놓고 손을 들었다.

“넌 누구냐?”

쌍권총으로 두 남자를 겨눈 차가운 눈빛의 남자는 복면을 하고 있었다.

그래서 두 남자는 복면을 한 불청객의 얼굴을 알아볼 수 없었다.

긴장감이 두 사람의 얼굴에 짙게 깔렸다.

'평범한 자가 아냐! 스킬러다. 역시 그인가?'

'일이 어렵게 돌아가는군.'

난처한 기색이 두 남자의 얼굴에 떠오르고 있었다.

"질문은 내가 한다."

복면의 남자는 단호하게 말한 뒤 날카로운 눈길로 두 남자를 응시했다.

"우린 국정원 요원이다. 공무 수행 중이라고!"

두 남자 중 강단 있어 보이는 인상의 남자가 협박조로 말했다.

복면의 불청객.

그는 현성이었다.

"국정원?"

"그래, 그러니까 지금의 네 행동은 불법이다."

남자는 의도적으로 시간을 끌었다.

좀 전 신호를 보낸 게 천만다행이라 생각하면서.

*　　*　　*

스위스의 천문학자는 우연히 몬스터 게이트와 태양흑점 폭발의 연관성을 알아냈다.

그는 이 사실을 공표했지만 누구도 그의 말을 믿지 않았다.

대중에 외면받은 그의 학설은 그러나 로마교황청과 각국 정부 수뇌진엔 심각하게 받아들여졌다.

이후 이 학자의 학설을 바탕으로 하나의 기관이 탄생했다.

이름도 붙이지 않은 이 연구 기관은 곧 성과를 냈다.

몬스터 게이트는 태양흑점 폭발과 밀접한 연관성이 있어 보인다. 두 차례의 몬스터 게이트 생성 삼 일 전 동일한 규모의 태양흑점 폭발이 발생했음을 확인했다. 우리가 알던 기존의 태양흑점 폭발과 이 폭발이 다른 점은 방출 물질이 지구자기장엔 전혀 영향을 미치지 않는다는 점이다. 이는 이례적인 일이다. 태양흑점 폭발로 발생한 에너지. 연구진은 이를 'M'이라 부른다. 에너지 M은 오직 몬스터 게이트 생성에만 활용되는 듯하다. 태양흑점 폭발로 발생한 미지의 M 에너지가 지구에 영향을 미치기까지의 시간은 삼 일이라고 연구진은 추측한다. 우리는 모든 데이터와 기술력을 동원해서 다음 태양흑점 폭발 시기를 예측해 보았다. 그 결과 내년 2월 3일 자로 발생할 가능성이 76퍼센트임을 예측할 수 있었다. 보다 정확한 시기를 알기 위해서는 관찰과 연구가 더 필요하다. 이상.

위와 같은 전문이 한 남자의 손에서 소각된다, 비릿한 웃음과 함께.

'삼 차 침공… 음, 칠 개월 후인가?'

두 눈을 지그시 내리감은 남자는 매우 신중한 표정으로 이 말을 되뇌다 비상 연락망이 깜빡이는 것을 보곤 자리에서 벌떡 일어났다.

"드디어 녀석의 꼬리를 잡았군."

이마에 붉은 십자가 문신을 새긴 남자의 입꼬리가 서서히 말려 올라갔다.

* * *

현성은 감정이 절제된 눈빛으로 긴장한 국정원 요원 둘을 주시했다.

차 국장의 집에 드나드는 모든 자가 정부의 감시 대상이 될 것이라곤 전혀 생각도 못 한 현성이었다.

언제부터 대한민국 정부의 일처리가 이처럼 신속하고 꼼꼼하게 변했을까 싶었다.

저들을 살려 보내도 문제고, 죽여도 문제다.

진퇴양난이 아닐 수 없다.

'정부가 파놓은 개미지옥에 빠진 건가?'

요원들의 처리를 고심하는 현성의 일거수일투족에 두 요

원은 신경을 곤두세웠다.

하지만 이들의 표정 이면엔 기다리는 자들이 지닌 초조감이 내포되어 있었다.

시간은 저들의 편.

현성은 결정을 내리지 않을 수 없었다.

현성이 두 요원에 대한 처리를 결정한 순간이었다.

좁지도 넓지도 않은 거실에 갑자기 이남일녀가 홀연히 등장했다.

유령 같은 이들의 등장에 두 요원은 반색했고 현성은 굳은 표정으로 몸을 날렸다.

휙.

공격과 방어가 용이한 위치를 선점하기 위함이었다.

벽을 등진 현성의 양팔이 90도로 넓어진다.

두 눈빛은 더할 나위 없이 매섭게 변한다.

억양의 강약이 배제된 무미건조하지만 또렷한 음성이 현성의 입에서 흘러나온다.

"움직이면 죽는다!"

바닥에 내려놓았던 자신들이 권총을 잡으려던 두 국정원 요원의 손끝이 파르르 떨렸다.

신속한 현성의 대처로 저항의 기회가 막혔기 때문이다.

우위를 점할 수 있는 상황이 무산되자 두 요원의 얼굴은 당황한 기색으로 대번에 물들었다.

반면 공간 이동으로 거실에 나타난 이남일녀는 여유와 태연함을 잃지 않았다.

한 사내가 현성의 정면으로 한 걸음 내디뎠다.

현성은 이 남자와 그의 뒤에 서 있는 일남일녀를 재빨리 훑어보았다.

세 사람의 공통점은 이마의 붉은 십자가 문신이다.

이 문신은 너무나 유명하다.

'로마의 성흔기사단?'

이를 알아차림과 동시에 현성은 자신의 정면에 유들유들한 표정으로 선 남자의 정체 역시 파악했다.

"드디어 만났군, 선우현성."

총구 앞에서도 자신만만한 표정을 잃지 않은 남자는 유오찬이었다.

녀석의 뒤엔 현성도 전에 본 적이 있는 박현숙이 서 있다.

여자의 얼굴에 문신이라… 외모를 중요시하는 여자라면 결코 하지 않을 짓이다.

그러나 저 문신이 지닌 의미를 생각하면 외모의 훼손쯤은 얼마든지 감수할 수 있을 것이다.

절대 면책특권!

로마교황청의 강력한 요구에 의해 성흔기사단에 소속된

자들은 중대 범죄를 저질러도 현지 법으로 처벌할 수 없다.

방긋 웃으며 박현숙이 현성을 향해 손을 흔들어 인사한다.

"오랜만이야, 장의사 애송이."

말투는 한 대 때려주고 싶을 만큼 몹시 얄밉다.

현성은 지능적인 박현숙의 도발에 넘어가지 않았다.

"스킬러 나이튼가? 아니군. 성흔기사라고 해야 하나?"

국가에 소속된 광검을 사용하는 스킬러를 스킬러 나이트라 부른다.

반면 전 세계를 주름잡는 교황청에 소속된 자들은 성흔기사라 한다.

호칭의 차별만큼이나 두 집단에 소속된 자들의 권위와 영향력도 큰 차이가 있다.

"현숙아."

"응, 오빠."

"저 녀석과 단둘이 이야기하고 싶으니까 모두 데리고 나가."

완성된 광검!

성흔기사단의 가입 조건은 단 두 가지다.

첫째는 가톨릭교회에 충성을 맹세하는 것.

둘째는 광검의 생성이다.

이 두 조건이 충족되어야만 비로소 이마에 붉은 십자가 문신을 새겨 넣는 영광을 누릴 수 있다.

저들은 이를 영광이라 부른다.

“알았어.”

남녀는 현성의 의견을 전혀 개의치 않고 저희끼리 결정 내리고 행동했다.

광검을 아직 완성하지 못한 현성은 광검의 하위 단계인 빛의 발현만으로도 신체와 감각이 월등히 높아지는 것을 경험했다.

하물며 광검을 완성한 자들의 능력이야 더 말할 필요도 없을 것이다.

남녀의 자신감은 바로 광검이 아닐까.

“오만하군.”

현성이 한마디 툭 내뱉는다.

광검의 위력을 직접 경험하지 못했던 두 국정원 요원은 박현숙의 손짓을 받았지만 쉽게 발을 뗄 수 없었다.

이들의 경험이 광검보다 눈앞의 총구가 더 무섭다고 말했기 때문이다.

“아저씨들, 안 따라와?”

박현숙이 눈살을 찌푸리며 앙칼지게 말했다.

그러자 두 요원은 마지못해 움직였다.

현성의 눈치를 꼼꼼하게 살피면서.

현성은 박현숙이 사람들을 끌고 나가는 것을 붙잡지 않았다.

여기서 소란을 일으켜 봐야 피해는 고스란히 건너편 아파트에 살고 있는 선화 모녀와 조준희 기자의 몫이라는 걸 알기 때문이다.

탁.

현관문이 닫히자 유오찬의 유들유들한 미소가 사라졌다.

"그 총은 거두는 게 어떨까? 선우 군."

오찬은 마치 자신이 우월적 위치에 있는 것처럼 거만하게 행동했다.

좋은 말로 표현하면 자신감.

참고로 광검 생성의 단계는 초기, 중기, 말기 빛의 발현 단계를 거친다.

현성은 중기 빛의 발현 단계에서 벽을 만나 멈춘 상태다.

자신을 겨냥한 총구를 안중에 두지 않는다는 듯 유오찬은 소파에 걸터앉더니 다리를 꼰다.

그러곤 담배를 꺼내더니 자연스럽게 불을 붙인 후 입안 가득 머금은 연기를 후욱 뿜는다.

"한 대 피울래?"

현성은 권총을 총집에 집어넣었다.

그러곤 오찬의 맞은편에 앉아 무표정한 얼굴로 녀석을 직시했다.

"남자의 성장기는… 이십 대 중반까지라지, 아마? 담배는 백해무익한 거지. 안 피우는 게 좋아. 나도 끊어야 하는데 이게 쉽지가 않아서 말이야."

상대의 너스레에 호응할 현성이 아니다.

"테러리스트와 성흔기사라. 불편한 진실이군."

"불편한 진실이라… 원래 진실은 대부분의 사람에게 불편한 법이야. 그걸 몰랐다니 세상을 더 배워야겠군, 선우 군. 후후."

오찬은 현성을 어린아이처럼 다룬다.

성인 남자에게 이는 지독한 모욕이다.

현성의 성격이 다혈질이었다면 욕설과 함께 주먹부터 날렸을 것이다.

하지만 그는 이런 도발에 쉽게 넘어갈 만큼 수양이 낮지 않았다.

"내게 싸구려 교훈을 가르쳐 주려고 그 먼 길을 달려오지는 않았을 테니 본론부터 말해."

"급하긴… 뭐, 좋아. 나도 한가한 편은 아니니까. 선우현성, 내 밑으로 들어와라. 최상의 대우를 약속하겠다."

피식.

절대 깨어질 것 같지 않던 현성의 포커페이스가 오찬의 제안에 순간 무너졌다.

하지만 그것은 상대를 향한 경멸과 비웃음이다.

그러나 오찬은 그의 비웃음에도 전혀 흔들리지 않았다.

"불쾌한 제안이군."

"넌 정의와 양심, 도덕과 윤리 따위는 없는 인간 아닌가? 난 널 그렇게 봤는데, 선우 군. 그리고 내 제안을 받아들인다면 너와 네 주변 인물들에게 긍정적인 영향을 미칠 거야. 지겹지 않나? 하찮은 것들의 눈치를 보며 숨어 사는 일, 억울하게 쫓겨 다니는 일, 답답하고 분하지 않나?"

이 사회가 현성에게 씌운 죄목은 단 한마디로 표현하자면 '누명' 이다.

현성은 이를 벗기 위해 여러 차례 공을 세워보았지만 그 공은 사상누각에 불과했다.

도리어 주변 사람들에게 피해만 끼쳤다.

유오찬은 그 점을 부각하며 현성을 회유하고 있었다.

"네 눈엔 사람들이 하찮아 보이나?"

"사회 구성원의 지위와 역할에 따라 위계가 만들어졌지. 조선 시대는 양반, 평민, 천민으로, 그리고 저물어 버린 어제의 자본주의 사회에선 돈이 곧 위계였어. 그리고 우리의 오늘인 이 시대는 스킬러가 곧 위계의 정점이 될 수밖에 없다.

선우현성, 너 역시 나처럼 선택받은 인류다. 우리, 그 힘으로 세상을 바꿔보지 않겠나?"

유오찬의 두 눈이 활화산처럼 뜨거워진다.

하지만 그의 그 뜨거움은 현성에게 아무런 감흥도 주지 못했다.

"관심 없어."

"건조한 녀석. 하지만 너의 삶은 네가 원하지 않더라도 바뀌게 되어 있어. 세상과 널 완전히 단절하지 않는 이상엔 말이야. 그리고 난 널 언제든지 받아줄 용의가 있다. 그러니 천천히 내 제안을 생각해 봐."

이전보다 더 여유가 넘쳐흐르는 유오찬이다.

소파에서 몸을 일으킨 유오찬이 빙긋 웃으며 말했다.

"오늘의 독대를 축하하기 위해 내 작은 선물 하나 주지. 기대해. 그리고 나와 연락하고 싶으면 언제든지 이 번호로 전화해."

현성은 유오찬의 유연한 태도에 의문이 들었다.

이전의 녀석은 뭔가에 쫓기는 듯한 느낌을 주었다. 겉으론 아닌 척했지만.

하지만 오늘 만난 유오찬은 이전의 그와는 확연히 달랐다.

탁.

독대의 자리가 끝났다는 것을 알리듯 현관문이 부드럽게

닫힌다.

현성이 고개를 베란다 쪽으로 돌렸다.

작은 불빛이 보인다.

선화의 집이다.

'새로운 위계라…….'

제27장

새로운 질서

혹시나 하는 기대감으로 이전의 화폐를 재어놓았던 자들이 큰 충격에 빠졌다.

지구촌 화폐 통폐합이 전격 발표되면서였다.

기존의 화폐와 임시로 운용되었던 배급표 제도는 이로써 폐지됐다.

신화폐는 대한민국은 물론 세계 어디서도 사용 가능하다.

배급표에 적응되었던 사람들은 이전의 화폐 제도의 확장판인 이번 제도를 혼란 없이 받아들였다.

화폐 단위는 '포인트'로 1에서 1만까지 존재한다.

기존의 배급표는 은행을 통해 신화폐인 포인트로 교환됐다.

은행이 붐비거나 하지는 않았다.

정부의 배급표 지급의 인색함이 교환 대란을 막은 것이다.

뒤를 이어 방호 지역 거주자 명단이 발표되고 개별적으로 통보됐다.

사람들은 기존의 거주 구역에서 달랑 옷 보따리 서너 개만 들고 이주 버스에 올랐다.

희비가 엇갈리는 순간이었다.

부르르릉.

선화네 역시 확정 통보를 받아 이주 버스에 몸을 실었다.

그녀 옆에는 준희도 동석해 있었다.

일반 지역 거주자로 거의 확실시되었던 선화와 지하는 지금 최우선 방호 지역으로 향하는 버스에 탑승했다.

"현성 씨의 사건이 잘 풀려서 천만다행이야. 안 그래? 준희야."

현성을 이방인처럼 내몰았던 정부는 갑자기 그 태도를 싹 바꾸었다.

요주의 인물로 전국을 떠들썩하게 만들었던 그의 사건은 의외로 짧고 간략하게 언론에 보도됐다.

그의 일이 술술 풀리자 주변인들 역시 처지가 기적적으로 좋아졌다.

마치 각본에 따라 연출된 것처럼.

선화는 그간 꽉 막혔던 숨통이 확 트이는 느낌에 기분이 날아갈 것처럼 가벼웠다.

"그러게. 현성 씨 누명도 벗고 전전긍긍하던 문제도 쉽게 해결됐으니… 이런 걸 천운이라고 해야겠지."

조준희 기자의 내심은 순수하게 기뻐하는 선화와 달리 미심쩍은 생각들로 복잡하게 얽혀 있었다.

모든 사건엔 배경이 있고 발단이 있게 마련이다.

이 점을 조준희 기자는 간과하지 않고 있었다.

"준희야, 무슨 걱정 있니? 기뻐하는 기색이 아닌데."

"아냐, 나도 기뻐."

"혹시 민연이와 아버님을 걱정하는 거니?"

"썩어도 준치라는 말이 있잖아. 아버님과 민연이도 최우선 방호 지역에 거주하게 된 것을 보면 확실히……."

"…확실히 뭐?"

"부자는 망해도 삼대는 간다는 말이 맞는 것 같아. 호호."

머리를 맞대고 고민할 문제라면 또 모를까 그렇지 않은 이상 굳이 자신의 의문점을 선화에게 전파시킬 필요는 없다.

이리 생각한 준희는 오늘의 행운을 일단 즐기기로 했다.

"현성 씨도 이사 오겠지?"

그 누군가의 배려로 현성이 아는 모든 자가 담장 하나를 사이에 둔 주택단지에 함께 입주하게 됐다.

서로 믿고 의지할 수 있는 자들이 이처럼 한곳에 모여 살기란 쉬운 일이 아니다.

더욱이 그곳은 낙타가 바늘구멍 들어가기보다 더 어렵다는 최우선 방호 지역이 아닌가.

누군가의 음모가 깔린 농간이 아니라면 이는 가장 이상적인 구성이다.

그 시각, 대구시 외곽의 한 주택에서도 최우선 방호 지역으로 향하는 버스가 멈추어 섰다.

이 구역에 거주하는 자들 거의 모두가 일반 지역으로 배정받은 점을 고려할 때 최우선 거주 구역으로 향하는 버스의 정차는 몹시 특별한 경우였다.

* * *

로마로 유학을 떠났던 스킬러들이 비밀리에 입국했다.

이들이 주력해야 할 첫 임무는 국내 스킬러들의 교육이었다.

정부는 전부터 국내 스킬러들을 대상으로 내사를 진행하여 자신들의 입맛에 맞는 성향의 인물들을 선별해 놓았다.

최고의 환경과 양질의 교육 혜택이 이들에게 약속된 것

이다.

그 외 대다수의 스킬러는 교재와 영상물을 통해 개인적으로 수련하도록 지시받았다.

오랜만에 고국 땅을 밟은 박상철과 이인경은 변화된 국내 사정에 적잖은 충격을 받았다.

번화한 도시 일부는 완전한 폐허로 변해 방치되었고 많은 이가 큰 아픔을 겪었으며 국민 대부분의 삶의 질은 이곳이 자유 대한민국이 맞나 싶을 만큼 낮아져 있었다.

"상철 오빠, 난 도무지 이해가 안 돼요. 차 국장님이 실각할 이유가 없잖아요. 그리고 현성이 사건도 너무 작위적이에요."

인경의 표정엔 의문이 짙게 깔려 있었다.

"현성이가 받던 혐의가 풀렸잖아. 국장님도 화랑단으로 복귀하시지 않겠어?"

상철은 인경과 달리 무감각하게 반응했다.

지금 상철의 머릿속은 제3차 후이넘 침공에 대한 우려와 걱정, 그리고 자신의 자질에 대한 회의와 좌절감으로 가득 차 있었다.

광검은 총 5단계로, 하위 1단계인 청광검에서 시작하여 백광검, 은광검, 금광검, 적광검 순으로 올라간다.

상철과 인경은 부단한 노력을 통해 3단계 은광검을 완성할 수 있었다.

단계라는 단어는 순차적으로 진행되는 과정이란 뜻을 내포하고 있다.

그러니 현재 이룬 3단계를 뛰어넘어 4단계인 금광검도 노려볼 수 있다는 것이다.

문제는 단계마다 존재하는 견고하고 가공할 만한 벽이었다.

박상철은 자존심이라면 지지 않는 남자였다.

그는 로마에서 금광검을 완성한 자들을 여럿 보았고 그들과 대련까지 해봤다.

그 결과는 생각하기도 싫을 만큼의 참패였다.

그때부터 상철은 금광검을 향한 열의와 투지를 내면에서부터 불태우고 있었다.

그렇다 보니 다른 주변 상황은 눈에 들어오지 않았다.

"상철 오빠!"

자신의 말을 귓등으로 듣는 듯한 상철의 무성의한 태도에 인경이 발끈했다.

"어, 왜?"

"제 말 안 듣고 있었죠? 대체 요즘 무슨 생각을 그리 하는 거죠? 혹시 성흔기사단에 들어가지 못한 걸 아쉬워하고 있는 거예요?"

성흔기사와 스킬러 나이트의 차이는 그들이 활동하는 무

대만 봐도 알 수 있다.

예를 들어 성혼기사를 전국구 조직이라 본다면 스킬러 나이트는 지방 조직 정도로 보면 무리가 없었다.

"솔직히 성혼기사 생도들의 교육법이 궁금해. 그 방식을 배울 수 있다면 금광검도 무리가 아닐 것 같단 생각을 지울 수 없어."

차별은 받아본 자만이 그 억울함을 아는 법이다.

"반델리오 신부님도 그러셨잖아요. 광검은 선천적인 자질과 부동심, 육체의 단련이 조화를 이루어야만 가능하다잖아요. 후천적인 부동심과 육체의 단련은 어느 정도 가능하지만 선천적인 부분, 영적인 문제에선 어떻게 해볼 도리가 없어요. 설마 이성과 감성이 말살되어 버린 바이오가 되고 싶은 건 아니죠?"

바이오란 선천적인 자질을 향상시키기 위해 현대 의학 기술—바이오 증폭제—에 의지했던 스킬러들을 말하는 것이다.

이들은 갈구하던 능력을 약물을 통해 얻어냈지만 대신 인성을 완전히 잃어버리고 말았다.

참고로 바이오 증폭제의 주원료는 후이넘에게서 추출된 물질로 만들어졌다.

"바이오 증폭제의 부작용이 무서운 건 나도 알아. 하지만 이를 극복한 자도 있잖아."

"있었죠. 하지만 하루아침에 비인간적인 성품으로 변해 버렸죠. 욕심을 버리세요."

상철의 좌절을 옆에서 내내 지켜보았던 인경은 그가 몹시 안쓰러웠다.

남녀와 함께 유학을 떠났던 동료 몇몇이 바이오 증폭제 투여를 신청했는데 이러한 약물 투입은 개인의 의사를 적극 존중하여 시행됐다.

대부분의 신청자는 1단계 청광검이 한계였던 자들이었다.

"알았어. 그러니까 설교는 그만해. 그곳에서 세뇌될 만큼 많이 들었잖아."

"칫, 그만 소리 또 하면 아예 감금해 놓고 설교할 줄 아세요. 그리고 3단계 은광검, 결코 약한 힘이 아니에요. 오빠도 봤잖아요. 실전에 투입된 은광의 스킬러 나이트의 위력을."

광검을 완성한 유학생들은 생포된 후이넘을 상대로 개별 또는 조를 이루어 최종 실전 훈련을 거쳤다.

1단계 청광검, 2단계 백광검 스킬러들은 두 명에서 다섯 명이 조를 이루어야만 한 마리의 후이넘을 잡을 수 있었다.

반면 3단계를 이룬 은광의 스킬러는 일대일 싸움에서도 놈들에게 밀리지 않았다.

수련생들을 통해 교황청은 여러 정보를 얻었고 후원국들

과 이를 공유했다.

"내 인성을 건 도박은 하지 않을 테니 걱정하지 마라. 어? 저 사람들, 민연 씨와 승진 씨 아냐?"

교관 전용 사택으로 향하는 갈림길.

걸음을 멈춘 상철이 무리에 섞인 남녀를 우연히 보게 되었다.

인경이 안력을 돋우었다.

평범한 인간의 시력으로는 개미들의 행렬처럼 보이는 무리에서 두 사람을 꼬집어 식별하기란 불가능한 일이다.

하지만 광검을 완성한 뒤 발생한 부차적인 능력이 이를 가능케 했다.

"아! 그러네요."

인경의 얼굴에 반가움이 피어났다.

훈련생 행렬을 향해 인경이 가려 하자 상철이 그녀를 만류했다.

"우리와 저들은 이제 교관과 훈련생의 관계야. 그러니 회사에서만큼은 선을 지켜야 해. 뭐, 팔은 안으로 굽겠지만 그래도 다른 훈련생들에게 차별감을 심어주는 행위는 자제하자고."

"알았어요. 그런데 민연 씨가 훈련생으로 이곳에 입소하다니 조금 의외네요."

두 사람은 걸음을 멈춘 채 훈련생 행렬을 멀찍이서 지켜보았다.

* * *

'흩어진 양은 관리가 힘들다! 뭐, 그런 의민가? 유오찬.'

소백산 현성의 은신처.

수배자의 처지에서 벗어났지만 현성은 여전히 이곳 소백산 골짜기 은신처를 떠나지 않고 뭉그적거렸다.

이는 그 자신의 결백이 증명된 배후에 유오찬이 버티고 있었기 때문이다.

놈의 작은 선물은 비단 이것뿐만이 아니었다.

그는 자신과 연관된 사람들을 한곳으로 불러들였다.

그들 입장에서 이는 행운이다.

하지만 이 행운(?)의 배후에 유오찬이 있음을 아는 현성에겐 거북하고 불편한 노릇이었다.

"오빠."

도회지 물이 쫙 빠진 아연이 저만치서 다가온다.

도시에서의 생활에 지쳐 있던 그녀의 정신과 육체는 제 의지와 상관없이 찾아들어 온 대자연의 품속에서 완전한 치유를 이루었다.

활력이 그녀에게서 샘물처럼 솟는다.

"수련하고 오니?"

쌍권총과 쌍단검은 잠잘 때를 제외하곤 항상 휴대하고 다니는 게 삶의 규칙이 됐다.

처음엔 이 낯선 물건들에 두려움과 거부감을 가졌던 아연이지만 이제와선 제 몸의 일부처럼 떼어놓지 않았다.

이는 그녀의 여동생 희연도 마찬가지였다.

"이사 문제를 생각하고 있었어요?"

"너흰 어때?"

"말은 안 하지만 희연이는 긍정적이에요."

"녀석은 늘 바깥으로 나가고 싶어 했으니까."

현성은 자매에게 언제든 사회로 복귀할 수 있게 되었음을 알려주었다.

선택은 이제 자매의 몫이다.

이전처럼 이곳에서 살지, 아니면 바깥세상에 나가 살지.

희연은 나가길 열망했지만 언니와 현성의 눈치가 보여 제 마음을 강력하게 피력하지 않았다.

한마디로 눈치 보는 입장이다.

"오빠 어때요?"

"네 생각은 어떤데?"

"사실 난 꺼림칙해요. 그자는 우릴 몇 번이나 납치하려고

한 데다가 오빠에게 억울한 누명까지 씌운 자예요. 더욱이 그자는 사람의 목숨을 우습게 여기는 테러범이잖아요."

유오찬을 향한 아연의 적대감과 불신감은 태산과 견주어도 손색이 없었다.

이는 선우현성이란 남자가 그녀의 인생에서 차지하는 비중이기도 했다.

"넌 이곳에서의 생활에 만족한다는 거니?"

"전 이 생활이 나쁘지 않아요. 조용하고 평화로워서 좋아요."

지금은 9월 중순. 무더위는 가시지 않았지만 산골짜기 음지에선 단풍으로 물든 잎사귀를 쉽게 볼 수 있다.

가을이란 단어가 무색해질 만큼 기후가 변했지만 그래도 이 깊은 소백산 청량한 골짜기에선 아직도 살아 있는 가을을 만날 수 있었다.

모호하고 혼란한 저 밖의 세상과 달리 이곳은 매사가 분명하고 뚜렷하다.

그녀의 대답 역시.

피식.

"흠, 수련의 진척은 어때?"

"직접 보여줄게요."

아연의 전신에서 자신감이 넘쳐흐른다.

그녀는 옆으로 오른팔을 쭉 펼쳤다.

우우우우우웅!

'설마……?'

수련 기간으로 치면 아연은 현성의 발끝에도 못 미친다.

그런데 그녀는 벌써 빛을 발현하는 경지에 이르러 있었다.

아연의 손을 감싼 선명한 금빛! 이것이 뜻하는 바는 그녀의 자질이 4단계 금광검을 성취할 수 있을 정도임을 의미한다.

어떤 이에겐 자신의 인성과 맞바꾸는 모험을 하고서라도 얻고 싶은 힘이다.

"어때요?"

칭찬을 바라지만 내성적인 성격 탓에 떼쓰지 못하는 아이처럼 아연은 수줍은 표정으로 현성을 바라보았다.

"놀랍네."

이리 말하며 일어선 현성은 무의식적으로 아연의 머리를 쓰다듬어 주었다.

예전 그의 외조부가 그에게 그랬던 것처럼.

폭발할 것 같은 홍조가 아연의 목덜미까지 내려온다.

두근거리는 제 마음을 들킬까 봐 아연은 필요 이상의 조바심을 냈다.

하지만 그녀의 조바심은 한낱 기우에 지나지 않았다.

현성은 아연이 생성한 금빛을 살피기에 여념이 없었기 때문이다.

이런 그의 두 눈에 순간 이채가 스친다.

그 이채는 말하고 있다.

어려운 문제를 풀 중요한 단서를 발견했다고!

* * *

지하철이 운행한다.

자가용이 달린다.

닫혔던 식당이 다시 문을 연다.

휑했던 진열대가 물건으로 채워진다.

궁상맞던 거리는 몰라보게 밝아지고 깨끗해졌으며 피로와 불안감에 찌든 사람들의 표정은 청명한 하늘처럼 싱그럽고 푸르렀다.

부우우웅.

탁한 자동차 매연이 그 어떤 꽃향기보다 달콤하다.

재앙의 시대 이전, 단조롭고 바쁘기만 했던 원래의 일상이 지금 거짓말처럼 주변에 펼쳐져 있다.

최우선 방호 지역에 국한된 일이지만.

"준희야, 상점에 같이 가자."

2층 단독주택 내부, 선화의 활기찬 목소리가 잠든 준희를 깨운다.

소파에 누워 밤새 DVD 영화를 보다 새벽에 잠이 들었던 준희는 산발된 머리와 게슴츠레한 눈을 비비며 겨우 일어나 앉았다.

"몇 시야?"

"10시야."

풀썩.

오전 10시란 말에 준희의 몸은 뼈 없는 연체동물처럼 무너졌다.

"오늘 할 게 많아."

이사 온 지 보름, 굵직굵직한 가구와 가전제품 등은 신청 하루 만에 배달 받았지만 그 외 자잘한 물건들은 개인적으로 구매해야 한다.

정부는 최우선 방호 지역 거주자들 전원에게 정착 자금을 지원해 그들의 살림을 보살폈다.

이는 임시방편으로, 장차는 개인이 벌어서 생활해 나가야 한다.

준희는 부활한 연예계 덕분에 다시 연예부 기자로 고용돼 일주일 후부터 정식 출근하게 되었다.

선화는 엄마 손이 필요한 지하를 보살펴야 하기 때문에 직업을 가질 수 없었다.

최우선 방호 지역에서는 우선 일반 지역민들과 달리 일할 형편이 되지 않는 선화와 같은 처지의 사람들에게 매주 생활 자금을 지급한다.

하위 지역 주민들과 비교하면 큰 차별이 아닐 수 없다.

"나, 엄청 피곤한데. 좀 더 자고 나가면 안 될까?"

"자가용 운행은 이 인 이상 동석해야 가능하잖아."

"옆집에 승희란 애 데리고 가면 안 돼?"

"나 장롱면허잖아. 그러지 말고 같이 가자."

선화가 고집을 피우며 재촉하자 준희는 마지못해 바윗덩어리만 한 눈곱을 떼어내며 투덜거렸다.

"정전도 가끔 필요한 것 같아."

"얼마 전만 해도 이러쿵저러쿵 말이 많더니 이젠 그때가 그립다고?"

"에이, 말이 그렇단 거지. 으라차차! 오늘을 감사하며 활기차게! 오케이?"

"그래, 오케이다, 조준희."

벌떡 일어선 준희가 씩씩하게 욕실로 걸어가자 선화는 빙그레 웃음 지으며 베란다로 고개를 돌렸다.

선화네가 들어와 살게 된 2층 주택 맞은편에는 이와 비슷한 형태의 이층집이 주인을 기다리고 있었다.

아직 이곳은 빈집이다.

하지만 그 주인은 이미 정해져 있었다.

'현성 씨는 안 오려는 걸까?'

*　　*　　*

"누나, 누나!"

승희와 그녀의 가족들은 선화네보다 하루 늦게 이곳으로 이사 왔다.

선화네와 승희네는 낮은 담장 하나를 사이에 둔 이웃이다.

열흘이 넘었지만 집에 필요한 물건들은 돌아서면 또 생겼다.

집안의 어른들이 해야 할 일들까지 승희 혼자 도맡아 하다 보니 빈틈이 막 생긴다.

그래도 하루하루가 꿈만 같은 승희다.

생전 살아볼 수 있을까 싶었던 예쁜 이층집. 거기엔 예전부터 꿈꿔왔던 제 방까지 있다.

몸이 불편했던 어머니는 최우선 방호 지역 내 최신 시설의 병원으로 이송되어 치료를 받았고 정부의 명령으로 울산 공업단지에 근무하던 아버지는 직장을 이 지역으로 옮겨와 근무하게 되었다.

곧 있으면 학교도 문을 연다.

전 세계를 강타한 재앙으로 쉬었던 학업도 다시 할 수 있게 되었다.

"왜?"

"나 놀이터 가서 놀다 올게."

치안이 열악해서 집 문턱 밖이 저승이던 이전과 달리 이 지역의 치안은 그때의 두려움을 잊게 할 만큼 잘되어 있었다.

그래서 어린 남동생이 혼자 놀이터로 가겠다는 말에도 그녀는 겁낼 필요가 없어졌다.

"점심시간 전까지 돌아와야 한다. 약속."

"알았어. 노력해 볼게. 그럼 나 놀다 올게."

현관으로 쪼르르 달려가던 민호가 갑자기 방향을 주방 쪽으로 틀었다.

냉장고 문을 벌컥 연 민호는 사과 두 개를 챙긴 뒤 놀이터로 잽싸게 뛰어 나간다.

놀이터에서 만난 어떤 여자애와 함께 먹기 위해 가져가는 것이다.

'늘 지금 같았으면 좋겠어.'

승희는 두 손 모아 기도했다.

끔찍한 기억으로 남아 있던 대구 외곽 별장에서의 그 지옥 같던 시간과 사건 이후 오랜만에 맛본 따뜻한 평화에 조금씩 녹아가는 승희다.

삑삑삑—!

"앗! 빨래 다 됐구나!"

커다란 빨래 바구니를 들고 힘차게 세탁기 앞으로 걸어간 승희는 통에서 빨래를 꺼내 마당으로 나갔다.

작은 마당은 햇살과 바람으로 넘쳐나 있었다.

한때 그녀는 매일 밤 아침이 오지 않기를 암울하고 두려운 마음으로 기도했었다.

바로 얼마 전까지만 해도 그랬다.

"예쁜 이웃 아가씨, 안녕."

"아! 안녕하세요, 할아버지."

키 낮은 담장 너머로 푸근한 인상의 중늙은이가 웃으며 그녀에게 손을 흔들었다.

"할아버지 아닌데."

전직 특수국 국장 차기수. 대단한 이력을 가진 그였지만 지금은 은퇴한 남자에 불과했다.

후년이면 그도 환갑이다.

"음, 그럼 뭐라고 불러 드려요?"

"오빠… 이크, 그건 주책없겠지. 음, 그럼 젊은 아저씨! 그래, 그게 좋겠다. 허허."

"헤헤, 옙, 앞으로 젊은 아저씨라 부를게요. 그리고 예쁜 이웃 아가씨 대신 승희라고 불러주세요. 할… 아차, 아저씨."

"하하하, 그래, 알았다. 참, 조금 있다 장 보러 갈 생각인데 같이 가지 않겠니? 경찰들이 깐깐해서 나홀로 차량은 가차없이 잡더구나."

그렇지 않아도 필요한 물건을 구매하기 위해 나가려 했던 승희는 이웃집 아저씨(?)의 제안이 무척 반가웠다.

"감사합니다. 참, 민연 언니는 기숙사 들어갔어요?"

처음 민연이 이웃집에 산다는 것을 알았을 때 승희는 불안감에 움츠러들었다.

자신이 겪은 일과 한 일에 대해 그녀가 소상히 알고 있었기 때문이다.

다행히 민연은 그 일을 떠벌이지 않았다.

오히려 친절하게 승희의 가족들을 대해주었다.

그때부터 승희는 마음을 놓고 이곳에서의 생활에 열심일 수 있었다.

"그래."

"그렇구나. 아저씨, 장 보고 와서 저희 집에서 함께 식사하세요."

"혼자 먹는 것보단 여럿이 함께 먹는 게 좋지. 그래, 그러마."

빨랫줄에 빨래를 너는 승희의 얼굴에 행복의 웃음꽃이 피어난다.

“하이, 승희.”

“어, 준희 언니, 안녕하세요. 선화 언니, 안녕하세요.”

“아차, 나도 빨래 돌려야 하는데. 안녕, 승희야.”

“두 분 나가세요?”

“장 보러. 너도 갈래?”

“아뇨, 전 저쪽 젊은 아저씨랑 함께 가기로 선약이 돼 있어요.”

한쪽 눈을 찡긋한 승희가 차기수 전 국장을 가리켰다.

선화와 준희가 두 눈을 동그랗게 뜨며 놀라워했다.

어릴 때부터 두 사람은 차기수 전 국장을 알아왔다.

그리고 그의 성품 역시 안다.

‘아버님 성격이 확실히 많이 변하긴 하셨어.’

준희와 선화가 동시에 이리 중얼거리며 어색한 표정으로 차기수 전 국장에게 인사했다.

평화로운 일상.

그 일상을 오랜만에 몸과 마음으로 만끽하고 있는 이들의 표정은 그래서 맑고 밝다.

하지만 이들의 평화는 은밀한 감시하에 놓여 있었다.

이를 아는 자는 차기수 전 국장과 그녀의 딸 민연뿐이다.

*　*　*

감금된 남자가 있었다.

그의 일과는 단조로웠다.

배가 고프면 먹고, 잠이 오면 잠을 잤다.

그 외의 모든 시간을 남자는 단 하나의 일에 매진했다.

광검을 완성하기 위한 수련이다.

열등생이었던 남자는 이제 그 타이틀을 벗어던지고 있었다.

운동을 통해 몸을 단련하고 명상으로 정신을 하나로 모은다.

남자에게 가장 어려웠던 점은 후자인 명상을 통한 정신 통일이었다.

남자는 지금 누가 업어 가도 모를 만큼 놀라운 집중력을 발휘하고 있다.

이 남자에 대해 아는 자들은 지금의 그의 모습에 경악하지 않을 수 없을 것이다.

스팟!

동굴 입구를 틀어막은 바위 틈새로 스며든 햇살과 바람이 출렁거린다.

남자뿐이던 동굴에 방문객이 찾아왔다.

이 방문객은 동굴의 원주인. 그리고 동굴을 가득 채운 물자의 주인이기도 했다.

방문객은 현성이었다.

'열심이군.'

언제부턴가 저 남자는 무언가에 진지하게 몰두하고 있었다.

이전의 그는 자신의 기척에 깜짝 놀라 두려운 표정으로 몸을 움츠렸다.

하지만 지금은 그와 같은 모습을 남자에게서 찾아볼 수 없었다.

현성은 남자의 하는 양을 지켜보았다.

이런 그의 옆에는 큼지막한 배낭 두 개가 놓여 있었다.

동굴 입구를 틀어막은 바위 틈새로 스며들어 온 햇살이 꽤나 많이 움직였다.

명상에 빠져 있던 남자가 눈을 뜬다.

움찔.

남자는 침음을 흘리며 현성을 응시했다.

남자의 마음속엔 현성에 대한 두려움이 깔려 있었다.

그러나 이전 같은 경박함은 찾아볼 수 없었다.

자리에서 일어선 남자는 현성을 힐끔 쳐다본 뒤 배낭을 향해 걸어갔다.

현성은 침묵으로 남자의 행동을 지켜보았다.

남자는 그를 의식하며 배낭의 물건들을 빼내어 동굴 안쪽에서 숙달된 솜씨로 정리했다.

빈 배낭이 남자의 손에서 다시 예의 그 자리로 돌아왔다.

"이젠 묻지 않는군, 경상도."

"물어봐야 내 입만 아프지."

야인처럼 생활하는 동굴 속 남자는 현성에게 잡혀 온 경상도였다.

딱.

손에 든 캔을 딴 경상도가 현성을 흘끔 쳐다본다.

"원하면 풀어주겠다."

경상도는 의문에 찬 눈길로 현성을 쳐다보았다.

애걸복걸할 때는 나 몰라라 매몰차게 굴던 녀석이 뜬금없이 풀어주겠다고 한다.

의심의 소지가 다분하다.

꿀꺽.

한 모금의 음료수가 마치 무거운 바윗덩이처럼 경상도의 식도를 넘어간다.

"무, 무슨 뜻이지?"

삶에 대한 미련이 우주처럼 광활한 경상도다.

그리고 그에겐 꿈이 있다.

제 손으로 저 바위를 때려 부순 뒤 자신을 감금한 자를 향해 복수를 하는 것이다.

이 일념으로 경상도는 조직이 붙여준 열등생, 준낙오자란 꼬리표를 떼어낼 수 있었다.

그런데 아무것도 이루지 못한 지금 위기가 찾아왔다.

녀석은 그렇게 생각했다.

"놓아준다는 뜻이다."

"가… 갑자기 왜?"

경상도의 심장이 이 순간 벌렁거렸다.

그토록 바라던 자유. 손만 뻗으면 거머쥘 수 있다.

하지만 꺼려진다.

자신에게 자유란 방만함과 방종의 시작일 뿐이다.

과연 이곳에서 나간 자신이 이 동굴 속에서 생활하던 것처럼 자기 발전에 도전할 수 있을까? 경상도는 그럴 자신이 없었다.

오랜 시간 혼자 이곳에서 생활하면서 경상도는 자신의 인생을 고찰했다.

스스로를 증명하지 못하면 비아냥거림의 대상이 될 뿐이다!

녀석은 이를 이곳에서 깨달았다.

조직에 몸담고 있을 때의 그는 이를 느끼지 못했다.

먹음직스럽고 탐스러우며 달콤한 과실을 손만 뻗으면 언

제든 가질 수 있었기 때문이다.

그땐 그게 좋았다. 거기에 독이 있음을 전혀 알지 못했다.

부끄럽게도 편안하게 살 생각만 했었다, 사육당하는 돼지처럼.

'난 왜 그렇게 살았을까?

내동댕이쳐진 오늘에서야 그는 비로소 스스로를 증명하는 삶에 눈을 떴다.

"그동안 마음이 바뀌었나? 전엔 나가고 싶어 안달하지 않았나?"

경상도란 남자는 인질로써의 가치가 전무한 남자다.

그가 속한 조직도 그를 원치 않았다.

상대가 원하지 않는 물건은 먼지 구덩이 속에 파묻혀 쓸쓸히 사라질 뿐이다.

인간 무용지물이 바로 경상도다.

하지만 변모한 지금의 경상도는 충분히 탐을 낼 수 있을 만한 인재로 거듭나 있었다.

그 가치를 최초로 알아본 이가 현성이다.

경상도에게선 진지하고 신중한 고찰의 모습이 보이고 있었다.

녀석에게 이 동굴은 무사안일과 방종했던 인생의 전환점을 제공한 기연의 장소였다.

여물지 않은 지금 이곳을 나갔다간 제자리걸음만 할지도 모른다.

이러한 생각이 경상도를 주저하게 만들었다.

그토록 원하던 자유가 바로 코앞에 있음에도.

“내게 왜 그런 제안을 하는 거지? 네 목적이 뭐지?”

“그런 거 없어. 결정해라. 자유냐, 아니면…….”

“…아니면?”

“내 고용인이 될 것인지 정하면 된다. 넌 이 두 가지 중 하나를 선택해야 할 것이다.”

옆에 사람을 붙이려 하지 않는 이가 현성이었다.

그랬던 그가 처음으로 자의로 누군가를 옆에 두려 하고 있었다.

이는 그의 심중에 큰 변화가 생겼음을 의미한다.

“뭐! 조직을 배신하라고? 그게 말이 된다고 생각해!”

조직을 배신한 자들의 말로에 대해 경상도는 알고 있다. 운이 따라서 현장에서 달아난다 하더라도 평생을 쫓기며 전전긍긍 살아야 한다.

그리고 경상도, 그 자신이 배신자를 처단한 경험도 있었다.

제 손을 더럽히기 싫어했던 경상도에게 그 경험은 끔찍한 악몽이 되어 달라붙었다.

이를 떨치기 위해, 아니, 피하기 위해 녀석은 술과 여자를 수시로 취했으며 나약한 자신을 감추기 위해 필요 이상의 허세를 떨며 살았다.

지금 생각하면 스스로를 구렁텅이로 떠민 일들이었다.

후회와 반성, 그리고 전진!

이 동굴은 경상도에게 자신의 문제점을 인정하고 극복할 수 있는 기회를 제공해 주었다.

그 기회를 완전한 제 것으로 만들고 싶은 경상도다.

그런 그에게 현성의 제안은 큰 고민거리였다.

"난 일찍 죽고 싶은 마음 따윈 없어. 넌 내가 몸담고 있는 조직에 대해 아무것도 몰라! 그들의 강대함과 무서움에 대해서."

피식.

강한 두려움을 드러낸 경상도를 향해 현성은 바위 같은 비웃음을 날렸다.

경상도는 비위가 상했지만 그의 비웃음은 경박스러운 경멸이 아닌 폐부를 후벼 파는 묵직하고 신랄한 비판 같아서 화가 나지 않았다.

"그렇게 조직이 두렵다면 그 무서운 조직으로 돌아가 봐."

상도의 심사는 복잡하게 얽히고설킨다.

그는 그간 목적의식 없이 표류하는 삶을 살아왔다.

그때그때 기분에 따라, 혹은 유행을 따라 해왔을 뿐이었다.

열중하고 집중하고 하는 따위의 노력은 단 한 번도 제 삶에서 기울인 바 없었다.

이 동굴에 갇히기 전까지의 그는 겉멋만 든 인생 표류자에 지나지 않았다.

이를 깨달았기에 그는 여러 가지의 두려움을 한꺼번에 느꼈다.

그중 가장 큰 두려움은 조직도 아니었고, 눈앞에 서 있는 괴물 같은 능력의 소유자인 현성도 아니었다.

진정으로 두려운 것은 바로 자기 자신이었다.

처음으로 녀석은 스스로 삶을 결정했다.

"만약 내가 너의 고용인이 된다면… 넌 날 조직으로부터 지켜줄 수 있어?"

아직은 미숙한 걸음마 단계다.

상도를 빤히 주시하던 현성이 다소 누그러진 음성으로 말했다.

"난 너의 보모가 아니다. 너 자신은 너 스스로 지켜."

"그, 그게 뭐야? 그건 내 손해잖아."

상도는 그가 빈말이라도 '약속하마!' 라고 말했다면 가볍게 그의 편에 가담했을 것이다.

적어도 자신의 마음이 처음으로 용기를 갖고 움직인 것이니 말이다.

그 기울어진 마음을 약간만 잡아당겨 주면 좋았을 텐데 상대는 무심하고 시크하게 알아서 하란다.

없던 자존심까지 아파오려 한다.

"인생은 언제나 깎여 나가는 거다, 경상도."

"뭐? 그게 무슨 말이야."

모든 것은 소멸한다.

그 소멸의 길은 아주 천천히, 혹은 급작스럽게 다가온다.

인간에게 소멸은 죽음.

태어난 그 순간부터 우리는 죽음을 향해 늙어간다.

현성은 이를 말하고 있었다.

까막눈인 상도에게 그의 의미심장한 말은 도깨비 볍씨 까먹는 소리에 지나지 않았다.

그래도 뭔가가 마음을 잔잔하게 울린다.

그것이 무엇인지 상도는 알지 못했다.

그저 이 작은 파문이… 이상하게 싫지 않았다.

"결정은 네가 하는 것이다. 그리고 그 결정에 대한 책임도 네가 지는 것이다. 그게… 사람의 길이다."

경상도의 마음에 던져진 파문은 현성의 이 말에 더욱더 커졌다.

늘 어둡고 모호했던 감정과 생각과 마음이 처음으로 언뜻 보인다.

쿵쿵쿵쿵!

심장이 뛴다.

'뭐, 뭐지… 이 야릇한 기분은?'

현성이 녀석을 등진 채 동굴 입구를 틀어막고 있는 바위로 걸어갔다.

다짜고짜 바위에 손을 댄 현성은 이 바위만 다른 장소로 날려 버렸다.

공간 이동은 제 육신을 매개로 이루어진다.

이는 견고한 규칙과도 같은 것이다.

그런데 그 규칙이 현성의 한 수로 단박에 깨어져 버렸다.

스킬러로서의 현성의 능력이 보다 진일보한 것이다.

쏟아져 들어오는 햇살을 등진 현성이 너무나 거대해 보이는 경상도다.

녀석의 심장이 또 두근두근 뛰기 시작했다.

한참을 멍하게 서 있던 경상도의 무릎이 바닥을 찧었다.

털썩.

"…너, 너의 고용인이 되겠다, 선우현성. 아니, 캡틴."

대단한 남자다. 아니, 경이로운 남자다.

왠지 저 남자와 함께라면 자신도 뭔가 대단한 남자가 되지 않을까 싶다.

경상도. 그는 생애 처음으로 동성에게 깊이 매료되고 말았다.

* * *

가을을 재촉하는 비가 추적추적 내리고 있었다.

금세 그칠 것 같던 이 연약한 빗줄기는 의외로 이틀 내내 질기게 내렸다.

최우선 방호 지역 내 현성의 집.

텅 비어 있던 그 집에 처음으로 인기척이 느껴진다.

집 안 곳곳을 무성의한 눈길과 표정으로 살핀 인기척의 주인은 선우현성이었다.

소백산 은신처에서 이곳으로 이사 오려는 것일까? 알 수 없다.

그의 생각과 마음은 어디로 튈지 예상할 수 없는 것이기에.

가구와 가전제품 하나 없는 집은 넓고 깨끗했다.

그는 앞서 봐둔 2층 테라스로 올라갔다.

이곳에서 바라보면 맞은편 선화네 거실이 내 집 앞마당처럼 훤히 다 보인다.

휑한 이 집의 1층 거실과 달리 선화네 거실은 지금 서로 반가워하는 사람들로 북적였다.

정감이 넘치는 저 북적거림 사이로 군침 도는 파전 냄새가 부드럽고 가벼운 바람처럼 감돌고 있었다.

여기서도 저들의 정감과 파전 냄새가 솔솔 전해진다.

차기수 전 국장이 봉지 하나를 들고 선화네 초인종을 눌렀다.

제집에 찾아온 손님을 맞이하듯 어린 민호가 쪼르르 달려나가 차기수를 환하게 반겼다.

친숙한 이웃사촌이 된 이들은 함께 모여 조촐한 파티를 열었다.

그들의 얼굴엔 웃음꽃이 가득 피어난다.

아름답고 향기로운 꽃밭 같다.

삐익.

테라스를 등진 현성은 핸드폰 버튼을 한 번은 툭, 두 번째는 길게 누른다.

단축 번호 18.

유오찬의 이름이 뜬다.

—생각보다 일찍 전화했군, 선우 군. 후후.

느리고 또렷한 유오찬의 목소리엔 거만한 자의 우쭐거림이 풍긴다.

"로마의 날씨는 어떤가? 여긴 비가 오는데."

—꽤나 다정하군. 여긴 쾌청해. 그래, 내 선물은 마음에 들었나?

"나쁘진 않더군."

—나쁘지 않다고 하니 기쁘군. 본론으로 들어가지. 내 제안에 대한 너의 답은? 아, 이왕이면 듣기 좋은 소리였음 싶군.

세상 이치를 다 꿰뚫고 있는 자처럼 유오찬의 목소리엔 여유가 넘친다.

자신이 쳐 놓은 그물 앞에선 그 누구도 피해갈 수 없다는 강한 자신감이 목소리에 실려 있다.

"내가 거절한다면 너의 선물은 회수되는 건가?"

현성은 무미건조한 어조로 유오찬의 질문에 대한 답 대신 엉뚱한 질문을 던졌다.

잠깐의 침묵이 흐른다.

그 침묵은 날카로워진 유오찬의 음성으로 깨졌다.

—한 번 준 선물을 빼앗을 만큼 난 쪼잔하지 않아. 그러니 그 점은 안심해도 돼. 나도 가끔은 선행을 하니까. 이거 잔뜩 기대했는데 안타깝군. 그래, 앞으로 어쩔 생각이지? 이전처럼 쫓기는 들짐승처럼 살 텐가?

녀석의 비유에 현성은 무심한 얼굴로, 흔들림 없는 목소리로 대꾸했다.

“선물만 고맙게 받도록 하지.”

—염치없단 생각 들지 않나? 선우 군.

“안 든다.”

—…크하하하하!

억지로 자아낸 웃음이 한동안 터져 나왔다.

현성은 녀석의 다음 반응을 조용히 기다렸다.

—정말이지 신선하군. 신선해. 선우현성, 잘 들어라. 이건 너보다 몇 해를 더 산 인생 선배로서 하는 조언이야. 인간은 사회적 동물이다. 인간은 오직 사회 속에서 성취감을 얻고 살아 있음을 느낄 수 있다. 사회를 떠난 인간은 더 이상 인간이 아니야. 그건 들짐승이지. 편하고 좋은 길이다. 내 손만 잡으면 넌 이 탄탄대로를 나와 함께 달릴 수 있다.

“난 호젓한 산길 체질이다, 유오찬. 그러니 그 탄탄대로는 너 혼자 달려. 그리고 관심 없는 사람 더 이상 귀찮게 하지 마라. 이건 경고다.”

현성은 직접 보지 않음에도 유오찬의 얼굴 근육이 심하게 경련하는 것을 느낄 수 있었다.

—이거 너무 심한 경고 아닌가? 선우 군. 내 자존심이 지금 몹시 아파오는군.

“네 자존심 따위 내가 알 바 아니다.”

—끝을 보고 싶나? 치닫는 그 끝에 시산혈해가 펼쳐질지도 모르는데.

"시체가 산을 이루고 피가 바다를 이룬다. 섬뜩한 말이군. 하지만……."

—…하지만?

"가야 할 길이면 나는 그 길을 갈 수 있다."

차갑고 단단하게 현성은 이리 선언했다.

현성이 이처럼 강하게 나오자 유오찬은 찜찜함을 느꼈다.

상대가 능력이 없는 비루한 자라면 모를까 현성의 능력은 차고 넘치다 못해 철철 흐른다.

그 능력의 끝을 제대로 보지 못했기에 유오찬은 그와 싸우는 것이 꺼림칙했다.

비밀 기지에서 현성이 한바탕 난리를 치고 탈출한 이후 유오찬의 입지는 그가 속한 조직에서 한차례 흔들렸었다.

또 한 번 그와 같은 일이 발생한다면 그간의 노력이 한순간에 물거품이 될 수 있었다.

정상을 코앞에 두고 낙마할 순 없었다.

—정말이지 위험한 도발을 자행하는군. 다른 녀석이 내게 그런 말을 했다면… 몹시 매운맛을 봤을 거야. 하지만 너라서 내 한발 양보하지. 그리고 나의 제안은 여전히 유효하다, 선우현성.

현성은 유오찬과의 줄다리기에서 승리를 거두었다.

승리자의 미소, 환호? 그런 건 그에게서 찾아볼 수 없었다.

당연한 결과를 당연하게 받아들이는 무덤덤함이 있을 뿐이다.

"할 말은 다 했으니 이만 끊겠다."

—아, 잠깐.

"……?"

—즐길 수 있을 때 즐기라는 말을 해주고 싶군. 아직 인간의 봄은 시작도 안 했거든.

뚜우우우우.

유오찬의 마지막 자존심일까? 불길한 미래를 암시하는 말로 녀석이 먼저 전화를 끊었다.

핸드폰을 호주머니에 넣은 현성이 다시 그 몸을 테라스 쪽으로 돌린다.

행복한 웃음이 그의 눈길 끝에 활짝 피어 있었다.

"하하하하."

"호호호호."

제28장

다시 세상으로

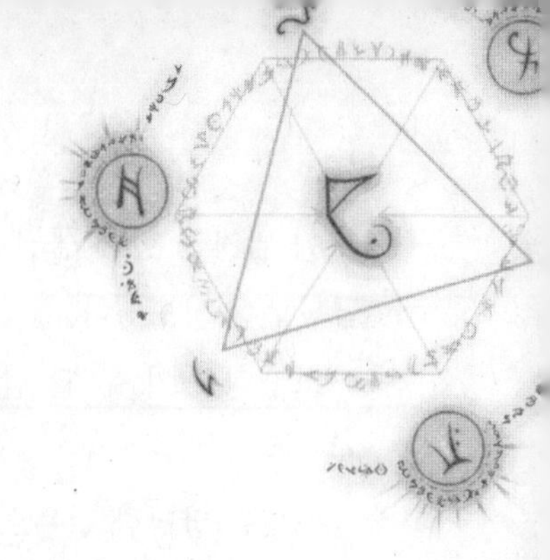

아연에 이어 희연까지 제 언니처럼 빛의 발현을 이루어 스승인 현성의 경지를 추월했다.

수련 기간이 아닌 재능의 차이인가 싶을 만큼 자매에 비해 현성의 능력 성장은 매우 더디었다.

그리고 또 하나의 터무니없는 사건(?)이 차갑고 컴컴한 소백산 동굴 속에서 터졌다.

"크하하하하! 이것이 내 광검이다!"

신비롭게 빛나는 은색의 광검을 움켜쥔 사내가 광소를 터뜨린다.

이 남자는 한때 몸담은 조직 내에서 열등생, 낙오자로 취급받던 경상도였다.

그랬던 그가 두 달 남짓한 동굴 생활을 통해 광검을 완성시켰다.

상도는 당당한 걸음으로 동굴 입구로 걸어갔다.

그러곤 입구를 틀어막은 집채만 한 바위에 은광검을 손쉽게 박아 넣었다.

전에 치워졌던 이 바위는 상도의 부탁으로 현성이 다시 가져다 놓은 것이다.

뜻을 이룬 경상도는 더 이상 이 동굴에 미련이 없었다.

콰지지직! 와르르.

은광검의 진동이 바위를 단숨에 갈기갈기 찢어버렸다.

뿌연 돌가루가 연무처럼 깔린다.

광검을 아래로 늘어뜨린 경상도의 입꼬리가 귀에까지 걸렸다.

녀석은 보무당당한 걸음으로 제 손으로 직접 치운 바위의 잔해를 밟으며 밖으로 걸어 나갔다.

싱그러운 햇살, 청명한 하늘, 곱고 예쁜 단풍 산.

'사나이, 경상도! 전설이 되리라! 크하하하하!'

휘익.

*　　*　　*

챙챙챙챙!

날카로운 금속이 불꽃을 일으키며 부딪친다.

양손에 하나씩 단검을 든 두 소녀는 10월의 맑은 계곡물을 따라 위험천만한 접전을 펼쳐 보였다.

보통 사람의 눈에 두 소녀의 겨룸은 잔상만 보일 뿐이다.

철천지원수를 만난 듯 두 소녀의 대련은 한 치의 양보도 없이 치열하다.

살벌한 두 사람의 공방은 만류해야 하지 않을까 싶을 만큼 보는 이의 간담을 서늘케 했다.

하지만 이들의 대련을 지켜보는 남자는 무심한 눈으로 자매의 모습을 바라보고 있었다.

그는 자매의 스승이자, 울타리이며, 피 한 방울 섞이지 않았지만 자매와 가족처럼 끈끈한 유대감을 맺고 있는 선우현성이다.

실전을 방불케 하는 대련!

푸드드득.

예리한 현성의 감각에 낯선 기운이 감지됐다.

'뭐지!'

현성의 두 눈에 날카로운 섬광이 스친다.

그는 기운을 향해 감각의 그물을 쫙 펼쳤다.

그 의문의 기운은 곧장 이곳을 향해 짓쳐 들고 있었다.

다른 어떤 말도 소용없다.

그 기운은 날쌘 산짐승이 아닐까 싶을 만큼 속도가 몹시 빠르다.

"그만!"

현성은 자매의 대련을 즉각 중지시켰다.

대련을 멈춘 자매는 의아한 표정으로 현성을 바라보았다.

"왜? 아저… 뭐지, 이 느낌은?"

빛의 발현 이후 희연의 신체 능력과 감각은 큰 성장을 이루었다.

아연 역시 마찬가지다.

일남이녀의 눈길은 은신처 반대 방향의 산길에 고정됐다.

자매는 곧 신속한 움직임으로 현성의 곁에 모여 만약의 사태를 대비했다.

땀으로 번들거리는 자매의 얼굴 위로 긴장감이 흐른다.

"이 산속에 호랑이라도 사는 걸까요? 오빠."

일제강점기는 이 땅의 민족에게 잊지 못할 큰 고통을 주었지만 이 땅의 맹수들에게도 커다란 상처를 입혔다.

특히 한반도의 호랑이는 그들의 욕심으로 의해 공식적으로 멸종했다.

오직 동물원에서만이 호랑이를 볼 수 있을 뿐이다.

"무, 무슨 말이야, 언니. 호랑이가 있을 턱이 없잖아."

의문의 기운이 더욱더 강성해지고 선명해졌다.

이는 기운의 주인이 곧 등장함을 의미한다.

현성이 그렇듯 자매도 이를 느낀 듯 입을 꾹 닫곤 단검만 큼이나 익숙한 M9 베레타 권총을 빼 들었다.

부스럭.

마른 낙엽이 부스러지는 소리와 함께 한 남자가 산길에서 그 모습을 드러냈다.

"하이, 캡틴."

봉두난발의 남자가 하얀 치아를 드러내며 현성에게 인사했다. 한데 태도가 상당히 불량하다.

현성을 캡틴이란 호칭으로 부를 자는 이 세상에 단 하나뿐이다.

경상도!

두 눈을 동그랗게 뜬 아연과 희연은 자신감이 가득한 경상도를 보았다가 곧 현성을 보았다가 하며 아름다운 그 눈동자를 몹시 바쁘게 연방 굴렸다.

"오빠, 저 사람… 그 사람 아니에요?"

"아저씨, 저 사람 동굴을 탈출했나 봐. 그 바위를 어떻게 치웠대?"

현성과 상도가 맺은 계약을 자매는 알지 못했다.

현성의 시선은 경상도에게서 떠나지 않았다.

"여어~ 두 사람, 안녕? 그새 꽤 예뻐졌네. 하하."

긴장감이 역력한 두 자매의 표정을 통해 경상도는 행방불명된 자신의 자존감과 자신감을 되찾을 수 있었다.

'손이 근질근질하네. 저 자식을 이참에 꺾어버릴까?'

은광검을 완성한 이상 조직도 더 이상 자신을 무시하지 못할 것이다.

또한 조직을 배신한 증거도 없지 않은가.

경상도의 마음속에선 이러한 생각이 빠르게 자랐다.

하지만 그 마음은 행동으로 이어지지 못했다.

무심한 현성의 눈빛이 녀석의 투지를 단숨에 잘라 버렸기 때문이다.

"너의 목표가 성취됐나 보군, 경상도."

현성의 무뚝뚝한 음성에 경상도는 정신이 번쩍 들었다.

당황한 기색이 경상도에게 묻어난다.

"뭐, 캡틴 덕분이지. 하하하."

이곳까지 달려오는 동안 상도는 현성을 제압하는 상상을 했었다.

좀 전까지도 그랬었다.

그랬었는데 막상 당사자를 대면하자 개기면 큰 낭패를 볼 것 같아 그 마음을 급히 접었다.

현성과 경상도를 예의 주시하던 자매. 그중 희연이 현성에게 질문 공세를 퍼부었다.

아연 역시 두 남자의 사연이 궁금하던 참이라 조용히 귀 기울였다.

현성은 자신과 경상도가 맺은 계약을 설명해 주었다.

"뭐야? 그럼 저 아저씨가 아저씨 부하로 들어왔단 거야? 저 아저씨, 믿을 수 있겠어? 난 마음에 안 들어. 아까 아저씨도 봤지? 우릴 쳐다보던 그 눈빛 말이야."

"야, 꼬맹이! 내가 뭘 어쨌다고 캡틴과 날 이간질하는 거야! 사나이 경상도! 한 입 갖고 두말하는 그런 시시한 남자가 아니라고!"

찔리는 구석이 있었지만 경상도는 시침을 뚝 뗐다.

나라님도 그 자리에 없으면 욕할 수 있다.

하물며 잠시 딴생각을 품었다는 이유 하나만으로 쳐 죽일 놈 소릴 듣는 건 너무 억울한 노릇이다.

경상도는 억울하다는 듯 제 가슴을 팡팡 쳐대며 희연을 몰아붙였다.

희연에게 따지고 들어가던 경상도는 점점 그 감정에 빠져들어 자신이 진짜 억울한 일을 당한 것 같단 생각이 들었다.

바르르.

"꼬, 꼬맹이? 아저씨, 나 언제 봤다고 꼬맹이래. 나처럼 큰 꼬맹이 봤어! 봤냐고!"

"장가도 안 간 사람한테 아저씨라니! 내가 널 아줌마라고 부르면 좋겠어!"

"액면가를 봐. 나와 아저씨가 같나."

"그래 봐야 너나 나나 같이 늙어가는 처지야. 인생 한순간이야."

"뭐라고! 이 아저씨가 정말! 한번 따져 볼까!"

"그래, 해봐라! 내 진심은 하늘이 알고 땅이 알고 캡틴도 알아줄 것이다!"

긴장감이 머물렀던 장내는 이제 철딱서니 없는 사내와 다혈질 소녀의 불꽃 튀는 언쟁의 장으로 바뀌었다.

인신공격이 난무하는 두 사람의 맹렬한 언쟁.

아연이 조그맣게 한숨을 내쉬며 현성에게 속삭였다.

"오빠, 저 아저씨 믿을 수 있겠어요?"

희연이 경상도를 의심하듯 아연도 그를 의심하고 있었다.

그렇다면 현성의 생각은?

"아니."

"그럼 왜 받아준 거죠? 믿을 수 없는데."

"믿을 순 없지만 함부로 배신할 녀석도 못 돼. 물론 주의는 기울여야겠지."

"그런 위험을 감수할 필요가 있을까요?"

현성이 고개를 돌려 아연을 내려다본다.

아연은 그의 숨결이 얼굴에 와 닿자 머릿속이 하얘지고 얼굴이 화끈거려 도저히 그를 바라볼 수 없었다.

급히 고개를 숙인 그녀를 향해 현성은 담담하게 말해주었다.

"적당한 긴장감도 약일 때가 있어."

"그, 그런 거였군요. 음… 희연이에겐 오빠 생각을 말하지 않는 게 좋겠어요. 쟤 성격상 가만있지 않을 테니까요."

"그건… 동감이다."

말다툼에서 밀리기 시작한 경상도는 울화통이 터져 희연을 한 대 쥐어박고 싶었다.

남자가 여자를 말로 누르는 일은 쉽지 않다.

이는 경상도 역시 마찬가지였다.

"그래, 내가 다 잘못했다. 됐냐, 꼬맹이! 아우, 빡쳐."

항복을 받아낸 희연은 의기양양한 태도로 현성을 바라보며 말했다.

"이 아저씨 관리 감독은 앞으로 내가 할게, 아저씨."

"원한다면."

현성이 희연을 자신의 직속상관으로 임명하자 경상도는 억울해 죽겠다는 표정으로 돼지 멱따는 소리를 내질렀다.

"캐애애에엡 티이이인!"

* * *

발 달린 짐승은 뛰기를 원하고, 날개 달린 날짐승은 날기를 원한다.

스스로의 노력으로 광검을 성취한 경상도는 자신의 성과를 자신을 무시한 모든 사람 앞에서 당당하게 증명하고 싶었다.

하지만 그의 캡틴은 도무지 바깥세상으로 나가려 하지 않았다.

가끔 하는 외출 외엔 소백산 산신령이라도 되려는지 도인처럼 생활할 뿐이었다.

좀이 쑤신 경상도는 하루하루 시간도 안 가고 지루하기만 했다.

"이봐, 아저씨. 어느 세월에 오두막 완성할 거야? 겨울 산이 얼마나 추운 줄 알아? 장작도 패놔야 이 겨울을 날 거 아냐. 그렇게 세월아 네월아 했다간 내 장담하는데 아저씬 얼어 죽을 거야."

계절은 어느새 11월.

아침저녁으로 몸이 으슬으슬 떨린다.

청양 고추보다 매운 어린 시어머니, 희연의 잔소리에도 경상도는 늘어지게 기지개를 켜며 귓등으로 들었다.

그녀의 잔소리에 적응한 경상도였다.

"아저씨, 내 말 듣는 거야 마는 거야!"

"나 귀 안 먹었거든."

"하아, 정말 이 아저씨 답 안 나오네. 자꾸 게으름 피우면 캡틴한테 이른다."

경상도에게 전염(?)된 희연도 이젠 녀석처럼 현성을 캡틴이라 부르기 시작했다.

상황에 따라, 그날그날 감정에 따라 갈대처럼 움직이는 호칭이지만.

"희연아, 네 나이가 몇인데 초딩도 안 하는 고자질을 한다는 거야? 그리고 캡틴 요즘 바쁜 거 안 보여?"

얼마 전 경상도는 아연과 희연이 수련 중에 내보인 빛의 발현을 목격했다.

자신보다 한 단계 높은 금광검의 싹을 두 소녀는 틔워가고 있었다.

그 일은 경상도에게 적잖은 충격을 안겨주었다.

그때부터 희연을 대하는 경상도의 태도는 많이 바뀌었다.

꼬맹이에서… 희연으로.

"바빠도 밥은 먹거든."

"음… 하아, 저기, 희연아."

"왜."

"너 심심하지 않냐? 너처럼 젊고 예쁜 애가 이런 궁상맞은 산골 생활을 한다는 게 말이나 되니?"

벌떡 일어나 앉은 경상도의 두 눈은 마치 별빛처럼 초롱초롱 빛났다.

"뭐, 뭐야? 그 눈빛은!"

"솔직히 너도 바깥에 나가고 싶지? 톡 까놓고 말해봐."

"흥, 아니거든."

"에이, 아니긴. 네 얼굴에 '나도 나가고 싶어요!' 라고 쓰여 있는데. 우리 솔직해지자. 응?"

"……."

경상도는 자신의 말이 희연에게 먹혔다는 것을 느꼈다.

이럴 땐 더욱더 밀어붙여야 한다.

"내가 볼 때 너도, 아연이도 휴가가 필요해. 사람은 기계가 아니잖아. 가끔은 놀아주고 그래야 의욕도 불타오르고 수련도 더 잘돼."

"안 돼. 난 아직 약해."

"누가? 네가? 헐, 솔직히 말해서 너 정도면 완전 발키리급 여전사야. 거기다 관통의 스킬러잖아. 네가 작정하고 누굴 조질 생각이면 웬만한 놈은 찍소리도 내지 못하고 당해. 이

건 내가 장담한다. 그리고 우리끼리만 가는 것도 아니잖아."

한때 잠깐 세상을 다 거머쥔 듯 의기양양했던 경상도.

그랬던 녀석은 광검을 뺀 상태에서 자매와 대련했었다. 만만히 보고 덤볐던 녀석은 10초도 안 돼 자매에게 연거푸 패배했다.

아직도 두 자매에게 얻어맞은 곳에 피멍이 가시지 않았다.

여기에 자매의 단검술과 사격술은 어찌나 매섭고 정확한지 진정 저들이 소녀일까 싶은 생각이 들 지경이었다.

연약한 일개 소녀들을 무시무시한 여전사로 훈련시킨 현성.

그런 자에게 한순간이나마 저항할 생각을 품었다니… 그때 만약 참지 못하고 사고를 쳤다면? 지금 생각하면 먼저 시비를 걸어준 희연이 고맙기까지 했다.

'캡틴은 대체 무슨 생각으로 여자애들을 저리 교육시켰을까? 쟤들 데리고 전쟁이라도 할 참인 건가?'

내심 고개를 절레절레 내젓는 경상도.

"쳇, 그건 아저씨가 약해서겠지. 어떻게 아저씨 같은 사람이 흉포한 무법자들의 우두머릴 한 거야? 아무리 봐도… 흠, 미스터리야."

희연의 무시하는 듯한 힐끔거림에 경상도는 순간 자존심이 상했다.

하지만 어쩌랴.

저 소녀의 의심이 진실에 근접해 있으니.

그래도 사나이 자존심을 구길 수 없어 으스대며 큰소리치는 경상도다.

"뭘 모르네. 우두머리는 비상한 머리와 냉정함과 통솔력이 필요한 거야. 대통령이 싸움 잘한다는 소리 들어봤어? 힘으로 대통령이 되고 국회의원이 된다면 대한민국은 깡패 공화국이 됐을 거야. 안 그래?"

"말은 참 잘해."

"희연아, 캡틴 수배도 풀렸잖아. 그러니까 당당하게 돌아다녀도 누구 하나 뭐라 할 사람이 없단 말씀! 그러니 희연아, 캡틴에게 건의하자. 응? 휴가라고 생각하고 말이야."

"음… 캡틴은 몰라도 언니는 허락 안 할 텐데."

"청춘은 도전이다! 이 말 몰라? 그딴 패배 의식은 버리고 일단 부딪쳐 보는 거야. 그게 멋진 청춘 아니겠어?"

흔들흔들.

추풍에 날리는 꽃잎처럼 희연의 마음도 그렇게 가벼이 휘날린다.

"몰라, 몰라. 얼른 오두막이나 지어."

말이 이리했지만 희연의 표정은…

히죽.

'옳거니. 제대로 물었다. 역시 어린아이구나. 하하.'

내심 승리를 자축하는 경상도다.

*　　*　　*

현성이 수련하는 계곡으로 희연이 새참을 들고 찾아왔다.

일찌감치 그녀의 기척을 알아차린 현성은 명상을 풀고 희연을 맞이했다.

"네가 웬일이야?"

"왜, 내가 새참 가져다주면 안 돼?"

"그건 아니지만."

현성은 오늘따라 희연이 무척이나 얌전해 보였다.

이런 날이 있었나? 기억을 더듬어본다.

'…없는 것 같은데. 가을 타는 건가.'

어리둥절했지만 현성은 이런 날이 있으면 저런 날도 있지 하는 식으로 해석하며 새참을 받았다.

평소에 먹던 새참과 달리 뚜껑을 열자 보이는 그 안의 내용물이 참, 많이, 대단히 부실했다.

단언하건대 이 새참은 아연의 솜씨가 아니다.

"상도는 작업 잘하고 있어?"

"그 아저씨 뺀… 아니, 잘하고 있어."

동업자를 비방했다간 그 화가 자신에게도 미칠 수 있다.

이를 떠올린 희연이 재빨리 말을 바꾼다.

경상도를 보면 잡아먹지 못해 안달이던 희연이 갑자기 그의 칭찬(?)을 한다.

사람의 마음이 갑작스레 변하는 법은 거의 없다.

반드시 계기가 있을 것이다.

현성은 두 사람이 공통으로 갖고 있는 관심사를 떠올렸다.

아마 이를 위해 두 앙숙이 휴전협정을 맺은 게 아닐까.

"다행이네. 바구니는 놓고 가봐. 내가 들고 갈 테니까."

"뭐, 뭐야, 내가 귀찮다는 거야!"

홱 하고 가버릴 듯 화를 벌컥 내더니 엉거주춤한 자세로 도로 주저앉는 희연. 그녀의 두 눈동자가 갈팡질팡한다.

"하고 싶은 말이 뭔지 해봐. 내 눈치 볼 필요 없다, 유희연."

"누, 눈치챘어?"

"네 이마에 '볼일' 이라고 쓰여 있잖아."

평소라면 절대 넘어가지 않을 소녀다. 하지만 지금은 저도 모르게 제 이마를 슥슥 문지른다.

그러다 곧 자신의 행동이 상대의 유인책에 걸린 것임을 깨달았다.

양 볼이 금세 빨갛게 달아오르는 희연이다.

"돌려 말하지 않을게. 캡틴, 나 바깥세상 구경하고 오면 안 돼?"

생선 가게를 바라보는 간절한 고양이처럼 앞발, 아니, 양손을 곱게 모은 희연이 애절하게 현성에게 매달린다.

조용한 산속 생활에 만족감을 느낀 아연과 달리 사교적이고 활달한 성격의 희연은 늘 저 바깥세계를 동경했었다.

그 동경에 불을 지른 녀석.

'…상도겠지.'

앉아서 천 리를 내다보는 현성이다.

현성은 이를 내색하지 않고 말했다.

"이틀 후."

"응? 그게… 아! 정말이지!"

"좋으냐?"

"조금. 히히."

희연을 돌려보낸 현성은 아연이 수련하는 곳으로 발걸음을 옮겼다.

한때는 세 사람이 번갈아가며 한 장소에서 수련했지만 빛의 발현이 모두 가능해진 지금은 다들 각자의 수련—명상—에 집중할 필요성을 느꼈다.

세 사람은 각자 취향에 맞는 장소를 골라 하루 대부분을 그곳에서 보냈다.

아연의 수련장이 가까워질수록 현성은 이질적인 기운을 느꼈다.

그것은 수련장과 근접할수록 더욱 생생해졌다.

그의 걸음이 점차 빨라진다.

'아!'

계곡 옆 평평하고 큰 바위맡에 앉은 아연이 손에 빛을 발현하고 있었다.

단단한 뭉치가 된 금빛은 곧 크게 출렁거리다 탄력을 받은 듯 길쭉하게 자라나더니 서서히 검의 형태로 변했다.

금광검!

소백산 깊은 산골짜기에서 두 번째 스킬러 나이트가 배출되는 순간이었다.

금광검에서 뿜어진 세찬 기운이 아연의 머리끈을 뜯어 그 머리칼을 하늘 높이 휘날린다.

그러곤 그 빛으로 그녀의 전신을 감싼다.

그 모습은 여신이 하강한 듯 경이로움과 신비로움을 발산하고 있었다.

"앗! 오빠."

현성의 기척을 알아차린 아연이 영롱한 세계를 해체하고 현실로 돌아왔다.

그녀의 전신을 감싼 황금빛은 입자가 되어 꽃잎처럼 주변에 흩날렸다.
그 중앙에 선 아연이 금광검을 쥔 채 몽롱한 표정을 짓고 있었다.
"축하한다, 아연아."
"아! 고마워요. 다 오빠 덕분이에요."
수줍게 웃음 짓는 아연의 전신에서 달콤한 향기가 퍼져 나갔다.
마음으로만 맡을 수 있는 신비의 심향!
현성은 거짓말처럼 제 몸과 마음이 더 가뿐해진 것 같았다.
잠시 이를 음미한 현성은 부드럽게 그녀를 축하했다.
두 사람은 의도치 않게 서로의 숨소리를 느낄 만큼 가깝게 앉았다.
이를 자각한 아연은 맑고 시원한 큰 계곡 물소리조차 들리지 않았다.
무심한 남자는 이를 아는지 모르는지 평소와 전혀 다를 바 없다.
"오빠, 희연이에겐 오늘 일 비밀로 해주세요."
"그래, 그러마."
"그런데 여긴 어쩐 일이세요, 오빠. 수련 시간이잖아요."
경상도의 성취는 세 사람의 자극제가 되어 남녀가 수련에 임하는 자세를 바꾸어놓았다.

의도치 않게 상도는 이들의 견인차 역할을 하게 된 것이다.

"상의할 일이 있어."

"상의할 일이요?"

현성은 좀 전 희연이 찾아왔던 일을 차근차근 설명했다.

곰곰이 이를 생각하던 아연이 현성을 돌아본다.

"오빠 괜찮아요? 성가시지 않겠어요?"

아연도 안다.

언제까지나 이 깊은 산중에서 평생을 어제와 오늘처럼 그리 살 수는 없음을.

언젠가는 소백산이란 안전한 울타리를 벗어나야 한다.

그날을 예견했기에 그도 자신과 여동생에게 힘을 기르는 방법을 가르친 것 아닐까.

아연은 그가 내치지 않는 한 언제까지고 현성 곁에 머물 생각이다.

하지만 여동생 희연에겐 이를 강요할 수 없었다.

그렇다면 그녀에게 도움이 될 수 있는 것들을 경험하게 하는 것도 나쁘진 않을 것이다.

문제는 이 일이 현성을 힘들게 하는 게 아닐까 그게 걱정이었다.

"난 상관없어. 네 생각은 어때?"

"전 오빠가 하자는 대로 할게요."

차분한 아연의 대답엔 그에 대한 절대적인 신뢰와 믿음이 담겨 있었다.

그리고 그에 대한 염려와 고마움도.

"그럼 이틀 후에 나가는 걸로 결정하자."

"예, 그런데 경상도란 남자도 함께 가나요?"

"그럴 생각인데. 왜, 마음에 안 들어?"

"그런 건 아니지만… 아니에요. 전 오빠의 결정에 따를게요."

현성은 자신의 얼굴을 빤히 들여다보는 아연의 시선에 고개를 돌려 마주 보았다.

그의 시선을 코앞에서 느낀 아연은 깜짝 놀라 황급히 고개를 돌렸다.

시간이 지날수록 아연은 현성의 눈을 마주 보는 게…

'…떨려.'

아연에게 큰 떨림을 선사한 현성은 대수롭지 않은 표정으로 자리를 툭툭 털고 일어났다.

그러곤 아연을 내려다보며 말한다.

"감기 조심해라. 얼굴이 빨갛다."

돌아서 걸어가는 그를 바라보며 아연은 생각지도 못한 말을 꺼냈다.

"오빠, 차민연 씨……!"

"응?"

"아, 아니에요. 그녀는… 좋은 사람이죠?"

왜 이런 말을 했을까? 아연은 후회했다.

하지만 내심 그가 그녀에 대해 내리는 평가가 듣고 싶었다.

별거 아닌데 그의 말을 기다리는 아연의 심장은 몹시 두근거린다.

"응."

현성의 대답에 아연은 왠지 모를 섭섭함에 빠져들었다.

갑자기 기운이 쭉 빠진다.

"이, 이따 집에서 봐요, 오빠."

아연의 목소리에 왠지 기운이 없어 보인다.

현성은 의아했지만 이를 깊이 생각하지 않았다.

"그래."

* * *

최우선 방호 구역 내 고급 주택단지.

작은 청와대라 불리는 정현수 총재의 저택도 이 단지 내에

존재한다.

요지에 위치한 그의 저택은 훈련된 무장 경비대가 24시간 철통 경비를 서고 있었다.

"최무식이, 그 친구 진퇴양난에 빠졌군. 허허."

현직 대통령 최무식. 그는 지난날 현 화랑단의 전신인 특수국 국장 차기수의 실각과 함께 정치적으로 큰 위기에 봉착했다.

임기 말년의 대통령은 전 세계를 강타한 끔찍한 재앙으로 인해 임기가 자동 연장됐다.

차기 대권을 노렸던 정현수 총재 입장에선 분하고 억울한 노릇이었다.

하지만 지금의 정현수 총재를 보노라면 그때의 그 어두운 감정을 전혀 찾아볼 수 없었다.

최무식 정권이 자신의 방패막이가 되어주고 있기 때문이다.

"아버지."

정현수 총재의 서재엔 그 외에 두 명의 남자가 있었다.

하나는 둘째 사위 노기찬이었고, 다른 한 명은 그의 둘째 아들 정규현이었다.

"그 얘기라면 그만하자. 그 아이는 너와 인연이 아니다."

"그녀는 제게 특별한 사람입니다, 아버지!"

"잊어라. 이미 끝난 일이다."

차민연과 혼담이 오갔던 정현수 총재의 둘째 아들 정규현. 규현은 오래전부터 민연을 자신의 짝으로 점찍어놨다.

원하는 모든 것을 가졌던 정규현. 이 남자가 유일하게 가지지 못한 것은 아마 차민연이 유일할 것이다.

"재고해 주십시오. 전 그녈 진심으로 원합니다."

"여자는 지천으로 널렸다. 그녀보다 젊고 아름다운 여자는 많아."

"하지만 그녀는 단 하나뿐입니다."

타인을 대함에 있어 정현수 총재는 지독하게 교활하고 잔인하다. 반면 제 자식을 향한 부정은 애틋했다.

특히 차남 규현을 향한 그의 사랑과 애정은 대단히 컸다.

"그 얘긴 두 번 다시 거론하지 마라."

"아버지!"

"이미 끝난 일이다. 나가거라."

아버지의 축객령에 정규현은 오늘도 뜻을 이루지 못하고 돌아서야 했다.

축 처진 아들의 모습이 눈에 밟힌 것인지 정현수 총재는 손질하던 난의 이파리를 그만 훼손시키고 말았다.

일반적으로 아끼는 물건이 훼손되면 이를 안타까워하거나 고쳐 보려는 노력을 기울이게 마련인데, 정현수 총재는 그간

고이고이 길렀던 난을 냉정하게 버렸다.

노기찬 검사는 장인의 심사가 극도로 예민해진 것을 느낄 수 있었다.

이럴 땐 절대 그의 비위를 거스르면 안 된다.

사위는 아들과 다르다.

저 난처럼 자신도 가차 없이 버려질 수 있는 것이다.

"기찬아."

"예, 아버님."

"지금 일은 그만두고 화랑단으로 들어가라. 내 자리 하나 봐두었다."

"예."

"그리고 규현이가 섣부른 짓 못 하도록 신경 써라. 녀석이 자칫 그자의 심기를 거슬렀다간 우리도 최무식이 같은 꼴이 될 수 있음이다."

대한민국을 좌지우지하는 정치 실세 정현수.

그런 그조차 꺼려하는 인물이 있었다.

그것도 자신보다 한참 어린 청년.

"처남 일은 제가 신경 쓰겠습니다."

"믿으마. 그리고 선우현성이란 그자 말이다."

"예."

"대체 어떤 인물이기에 그자가 그리 공들이며 조심스럽게 접근하는 것이냐? 짐작 가는 부분이 있느냐."

"죄송합니다, 아버님."

"스킬러… 하아, 정말 골치 아픈 놈들이야. 그러나 어쩌겠느냐. 세상이 변했으니. 그리고 넌 화랑단으로 가거든 쓸 만한 자들을 포섭하도록 해라. 이만 가보거라."

정현수의 서재를 나선 노기찬의 표정에선 아쉬움과 울적함이 도드라진다.

'스킬러들이 존재하는 한… 우리는 영원한 평민인 건가?'

* * *

소백산 은신처를 정리한 현성은 최우선 방호 구역 내 자신의 집으로 내려왔다.

텅 빈 집 안은 생활에 필요한 물건들로 금세 채워졌다.

휴가 명목으로 나왔다가 한 달이 안 되어 이곳에 완전히 정착하게 됐다.

희연과 경상도의 공작이 현성과 아연에게 통한 것이다.

참고로 희연은 며칠 전 광검을 완성했다. 수련을 등한시 않겠다던 약속을 지킨 것이다.

이 집의 구성원 네 명 중 이제 세 명이 스킬러 나이트다.

띵동!

"누구세요?"

"배달 왔습니다."

화상 인터폰에 비친 익숙한 얼굴의 배달원을 확인한 아연이 현관으로 걸어갔다.

산속에서는 식사를 준비하는 데에도 시간과 노력이 적잖이 들었다.

반면 분업화된 편리한 도시에선 손가락 하나로 제 입맛에 맞는 끼니로 배를 채울 수 있었다.

"희연아, 오빠에게 식사 왔다고 전해. 상도 아저씨에게도."

"알았어."

희연은 먼저 경상도의 방문을 두드렸다.

컴퓨터 게임 삼매경에 빠진 경상도는 노크 소리도 듣지 못한 듯 마우스와 키보드를 열심히 움직이고 있었다.

경상도의 무응답에 희연이 방문을 발로 뻥 걷어찼다.

문틀이 떨어져 나갈 듯 크게 흔들렸다.

소녀의 발길질치곤 위력이 상당하다.

놀란 경상도가 반사적으로 상체를 돌렸다.

희연을 확인한 경상도의 표정에 황당함이 떠올랐다.

"깜짝이야! 넌 노크도 모르냐?"

"했거든."

"그, 그랬냐? 왜?"

"밥 왔어. 먹든 말든 알아서 해. 그리고 오늘 약속 잊은 거 아니지?"

잠시 어리둥절한 표정으로 그녀의 말을 음미하던 경상도는 그제야 생각이 났다는 듯 제 허벅지를 딱 쳤다.

"아! 그렇지. 잠시 깜빡했을 뿐이야. 야, 사람이 깜빡할 수도 있지. 그렇다고 어른에게 도끼눈이냐?"

"참 건전하게 산다. 살아! 나잇값 좀 하셔."

"너도 이 오빠 좀 공경해라. 계집애가 무슨 전진밖에 모르는 코뿔소도 아니고."

"뭐!"

"아, 아니다. 아니야."

"정말 마음에 안 드는 인간이야. 그만하고 밥이나 먹어."

콰앙!

경첩이 떨어져 나갈 만큼 문짝이 흔들린다.

아이템 거래를 위해 켜놓았던 창이 사라지고 없다.

경상도의 얼굴이 핼쑥해진다.

'이, 이런 우렁 되에에엔장!'

패닉에 빠진 경상도.

녀석의 하루 일과 대부분은 게임이다. 그리고 밤만 되면 굶주린 하이에나처럼 시내 클럽을 휘젓고 다닌다.

현성은 경상도의 문란한 생활 태도를 지적하거나 만류하지 않았다.

아연도 마찬가지다.

오직 한 사람만이 경상도에게 잔소리를 했다. 희연이다.

이 집의 네 식구 모두 백수다. 하지만 경제적인 문제는 겪지 않았다.

그건 이들에게 든든한 후원자(?)가 있기 때문이다.

유오찬이다.

현성은 유오찬의 지원을 기꺼이 받아 쓰고 있다.

일말의 거리낌도 없이, 당연하다는 듯이.

2층 계단을 지난 희연이 현성의 방문 앞에 섰다.

경상도의 방 문짝을 구박하던 때와 달리 현성의 방에 달린 문은 그녀에게 존중받는다.

"캡틴, 밥 왔어."

잠잠하다.

설마 그도 게임을 하는 걸까? 아닐 것이다.

그래도 혹시 모를 일. 희연이 현성의 방문을 예고 없이 활짝 열어젖혔다.

테라스로 들어온 햇살을 받으며 책을 읽던 현성이 무례한 방문객을 쳐다본다.

현성에게선 그녀를 탓하는 표정이나 싫은 내색 하나 없다.

예의 그 무심한 표정이 전부다.

희연은 내심 실망감을 실어 '그럼 그렇지!' 라고 중얼거렸다.

멀뚱히 서 있는 희연에게서 시선을 뗀 현성이 나지막하게 말했다.

"곧 내려갈게."

"우리 집 남자들은 하나같이 굼뜬지 몰라. 그런데 지금 뭐 보는 거야? 책이 작네."

현성이 책을 들어 희연에게 보여주며 말한다, 고상한 어조로.

"시집이야."

"허얼."

사람들에게 취미를 물으면 대부분의 사람들은 독서와 영화 감상을 꼽는다.

하지만 '독서가 취미에요' 라는 사람들 대부분이 실제론 책과 담쌓고 지내는 자들이다.

대한민국 독서율은 OECD(경제 협력 개발 기구)에서도 부동의 꼴찌다.

그러나 이 남자는 다르다.

독서가 선우현성이란 이 남자의 유일무이한 취미다.

희연도 이를 알고 있다.

그래도… 그렇지. 저 무감성과 무표정의 대표 주자가 시집이라니.

'정말 독서에 있어서는 잡식성이란 말이야.'

희연의 언니, 아연도 현성 못지않은 독서광이다.

이들 두 독서광이 어쩌다 거실에 모이는 날이면 그곳엔 언제나 잔잔한 음악과 책장 넘어가는 소리가 집 안에서 들리는 소리의 전부가 된다.

참고로 희연의 취미는 강력한 체력과 끈기가 뒷받침되어야 하는 아이쇼핑과 웹 서핑, 그리고 친구들과의 수다이다.

이런 취향의 희연이 소백산 은신처에서 몇 달을 조용히 죽어지냈으니 정신적인 그녀의 피폐함은 말기 암 환자와 비슷했으리라.

이틀 전, 희연은 오랜 친구와 연락이 닿았다.

점심을 먹은 뒤 그녀는 그 친구를 만나기 위해 일반 방호지역으로 가기로 했다.

하위 지역 거주자들이 상위 지역으로 가기 위해서는 통행증이 필요하다.

반대로 상위 지역 주민들은 언제든 하위 지역으로 갈 수 있다.

대신 안전은 스스로 책임져야 한다.

"오늘 친구 만나러 가지?"

"어라, 캡틴… 기억하네?"

오랜만에 만나는 친구였기에 희연은 내내 들떠 있었다.

한편으론 안타까움과 슬픔이 그녀의 들뜬 이면을 차지하고 있었다.

연락이 닿은 친구를 통해 늘 붙어 다니던 다른 친구들의 불행을 전해 들었기 때문이다.

혜영, 민희, 연지는 희연과 늘 붙어 다니던 친구들로 이 중 혜영만 유일하게 살아 있다.

친구들의 불행한 소식을 접한 희연은 자신이 어떤 시대에 살고 있는지 새삼 실감할 수 있었다.

책상에 시집을 올려놓은 현성이 희연과 함께 1층 거실로 내려갔다.

희연이 제일 먼저 들린 경상도는 아직 나와 있지 않았다.

중화요리의 랩을 벗긴 아연이 음식을 정리해 놓았다.

다시 한 번 경상도의 방문을 쾅쾅 걷어차는 희연이다.

다크서클을 길게 늘어뜨린 경상도가 씩씩거리며 나오다 현성과 아연의 시선을 받곤 곧 어색한 표정으로 제자리에 냉큼 앉았다.

"판다가 따로 없어."

희연이 경상도를 향해 한마디 한다.

그녀의 구박에 흔들릴 경상도가 아니다.

상도는 희연의 구박과 타박에도 상처받지 않을 강력한 면역 체계를 이미 구축해 놓았다.

아침이고 저녁이고 할 거 없이 눈만 마주쳤다 하면 티격태격하지만 일이 생길 때마다 손발이 척척 맞아떨어지는 두 사람이다.

아연은 여동생과 경상도가 가까워지는 것이 늘 탐탁지 않았다.

경상도의 과거 전력 때문이다.

"아우, 빡쳐."

상도의 입에서 불만의 목소리가 화산처럼 터진다.

현성과 아연은 관심조차 없다는 듯 제 할 일만 한다.

희연만이 반응한다, 거지 적선하는 표정으로.

"왜?"

"아, 글쎄, 초딩 새끼가 내 아이템 갖고 튀었지 뭐야. 잡히면 뼈째 씹어 먹어버릴 거야! 그게 얼마짜리 템인데. 우라질."

"쯧쯧, 잘 논다. 잘 놀아. 얼마나 멍청하면 초딩한테 당해? 정말 전직 전국구 조직 보스가 맞긴 맞아? 아, 바지사장이랬지."

과거의 영화를 떠올리는 것인지 표정으로는 온갖 폼을 다 잡는 경상도. 그러다 희연의 바지사장이란 말에 오만상을 찌푸린다.

"다 과거지. 난 이제 새사람이야."

"쳇, 잘난 척하긴. 닥치고 밥이나 처묵처묵 하세요. 참, 언니."

"응?"

"선화 언니네도 부르지 그랬어."

희연의 입에서 선화의 이름이 거론되자 분노의 젓가락질로 울화를 삭히던 경상도가 일체의 행동을 중지한 채 청각을 돋운다.

아기 엄마라는 점만 빼면 선화는 경상도가 바라던 이상형이었다.

'지하도 참 예쁘지.'

하지만 현성과 연관된 사람인지라 감히 제 마음을 내보일 수 없었다.

힐끔.

묵묵히 식사 중인 현성을 경상도가 쳐다본다.

지금은 저렇게 얌전하지만 적과 조우할 때의 그는 걸음걸음마다 시산혈해를 만드는 남자다.

그 무시무시한 전투력을 직접 겪어보지 않고서는 저 남자의 무서움을 절대 알지 못한다.

'저 인간의 진면목을 안다면 저들도 기함하고 말 거야.'

으스스.

현성과 눈길이 마주친 경상도는 오싹 한기를 느꼈다.

"지하 데리고 병원 간댔어."

"지하가? 어디가 아프대?"

"감기."

"언니도 손쓸 수 없는 병이네."

아연의 치유 능력은 부러지고 찢어진 외상에 탁월한 능력을 발휘하지만 감기 같은 질병에는 그녀도 속수무책이다.

현성과 인연이 있는 자들이 그 이웃에 모여 산다.

차기수 전 국장과 승희네.

희연은 제 언니를 배반했던 김승희를 아직도 용서하지 않았다.

그래서 우연이라도 그녀와 만날 때면 눈에 쌍심지를 밝히곤 했다.

아연이 만류해도 희연의 마음은 요지부동이었다.

승희, 민호 남매와 친한 차기수 전 국장은 그래서 초대할 수 없었다.

남매가 초대받지 않은 자리엔 차기수 역시 오지 않으려 했기 때문이다.

선화, 준희, 차기수 전 국장이 나서서 희연과 승희의 관계를 회복시키려 했지만 그들의 노력은 늘 허사로 끝났다.

의도적으로 희연은 선화네를 제외한 이웃을 언급하지 않는다.

승희를 보는 게 싫어서다.

"응."

아연이 상도를 물끄러미 바라본다.

그녀의 눈빛은 마치 달빛 아래 앉아 있는 창백한 밀랍 인형을 닮았다.

상도는 아연의 잔잔한 시선이 면도날같이 느껴졌다.

'어쩔 땐 재가 캡틴보다 더 무섭단 말이야. 크…….'

상도는 억지 미소를 지으며 아연의 시선을 맞이했다. 몇 초간.

이 집 안에서 상도가 유일하게 마음 편하게 대하는 인물은 친여동생 같은 느낌의 희연뿐이다.

그 외 현성이나 아연은 그에겐 여전히 까다롭고 어려운 사람들이다. 이들에겐 타박 한 번 듣지 않았건만…

아연이 상도에게 말을 붙였다.

"상도 아저씨."

"어? 응, 왜? 아연아."

"희연이 잘 부탁드려요."

"아! 내가 희연이 사고 안 치게 옆에서 잘 감시할게. 걱정마. 하하."

녀석의 썰렁한 이 농담은 곧잘 받아주던 희연이마저 외면케 한다.

휘이이이잉.

12월 둘째 주 일요일 점심시간, 경상도의 마음은 춥고 외롭다.

제29장
소녀의 질투

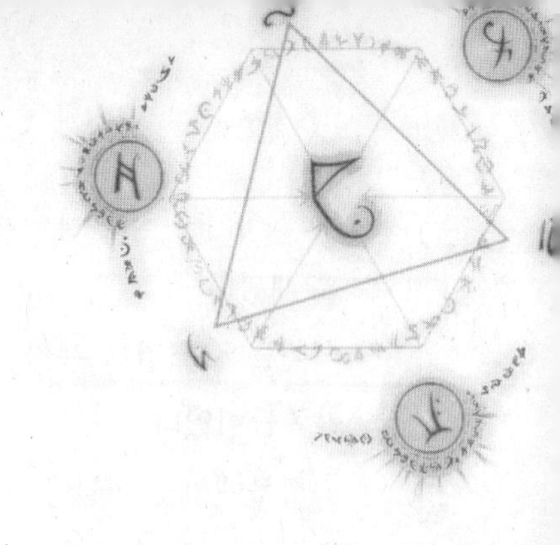

신계급주의 정책!

대한민국 사회, 아니, 전 세계적인 현상이다.

사람들은 거주지에 따라 그 위치가 결정됐다.

거주 이전의 자유, 직업의 자유는 이제 옛말이다.

최우선 방호 구역 내 특별 구역.

통칭 특구라 불리는 이 구역은 최우선 방호 지역 내에서도 가장 요충지에 위치한다.

얼마 전부터 한두 사람씩 이곳 특구에 들어와 살기 시작했다.

그 숫자는 점점 불어나 지금은 최대 수용 인구의 40퍼센트를 채웠다.

이들은 스킬러 등장 초기, 외국으로 떠났던 스킬러와 그 가족들이었다.

정부에서는 이들을 다시 입국시키기 위해 노력했지만 좋은 결과를 얻지 못했다.

심지어 이들의 흔적조차 찾지 못했었다.

그랬던 그들이 약속이라도 한 듯 스킬러의 필요성이 크게 대두된 최근 줄지어 국내로 들어왔다.

특구 내 한 저택.

이곳엔 귀환한 스킬러 중 가족을 잃은 자들과 독신인 자들이 모여 살았다.

똑똑.

"들어와요."

허락이 떨어지자 사십 대 초반으로 보이는 깔끔한 차림의 중년인이 방 안으로 들어선다.

저택엔 스킬러들 외에 이들의 편의를 위해 노동을 제공하는 자들이 숙식하고 있다.

최우선 방호 지역 내 노동자들 대부분은 우선, 혹은 일반 지역 거주자들이다.

최우선 지역 내 직장은 다른 곳보다 임금 수준이 높아 다들 이곳으로의 취업을 원한다.

이 중년인은 한때 유명 호텔의 부지배인이었다.

남자는 과거의 경력을 인정받아 이 저택에 고용됐다.

"알아보라 하신 정보입니다."

서류를 받아든 소년은 손짓으로 중년인을 내보냈다.

중년인은 만감이 교차한다.

1년 만에 세상은 일반인들의 삶을 빠져나올 수 없을 정도의 깊은 수렁에 빠뜨리고 말았다.

씁쓸함을 가슴 깊이 품고 중년인이 나가자 동석은 서류를 펼쳐 들었다.

정양옥, 20**년… 지병으로 사망.

"어… 엄마……."

울먹이는 동석의 두 눈에 원한의 불꽃이 시퍼렇게 타오른다.

어머니의 임종조차 보지 못했다.

자신은 누구도 괴롭히지 않았다.

그저 남들보다 성적이 좋지 못했고, 몸이 비만이었고, 가난한 홀어머니의 아들이라는 이유로 학교에서 왕따로 지냈으며 일진들의 화풀이 대상이 되었다.

그들이 그냥 자신을 무시하고 내버려 두었다면 복수 따윈 하지 않았을 것이다.

놈들은 자신의 마음을 매일 죽였고 그 대가로 자신은 놈들의 육신을 죽여 버렸다.

'약자는 당해도 싸. 그래, 그땐 내가 약자였기에 하소연도 못 한 채 당하기만 했지. 하지만 지금의 난 강자다. 내가 받은 만큼… 반드시 돌려주겠다.'

슬픔을 복수의 어금니에 갈아버린 동석에게선 흉포한 살기가 뻗어 나오고 있었다.

죽여 버린 놈들이야 어쩔 수 없다지만 그 가족들은 아직 살아 있다.

어머니의 임종을 보지 못한 억울함을 그들에게 온전히 돌려주리라.

…이혜영, 일반 지역 OO 거주.

'그 녀석의 여동생이군. 좋아, 좋아, 피붙이를 잘못 둔 죄를 너에게 묻겠다. 크크크크.'

*　　*　　*

띠리리링, 띠리리리링.

"여보세요."

—현성아, 나 인경이 누나다. 잘 있었어?

"무슨 일이십니까?"

—여전히 무뚝뚝하네. 그래도 그 목소리 들으니까 좋네. 지금 시간 있어?

잠시 고민하던 현성이 대답했다.

"예."

—그럼 OOO호텔 레스토랑에서 한 시간 후에 보자.

"아연이 데려가도 됩니까?"

—그래, 그럼 이따 봐.

현성이 창밖을 본다.

저 멀리 화려한 크리스마스트리 불빛이 이곳까지 비친다.

크리스마스는 멀었지만 일주일 전부터 TV와 거리는 축제 분위기다.

우선과 일반 지역에선 전혀 크리스마스 분위기를 찾아볼 수 없다.

그곳과 이곳은 하나의 세계였지만 그 세계에 살아가는 사람들의 삶은 질적인 부분에서 극과 극을 달린다.

외출복으로 갈아입은 현성이 아래층으로 내려갔다.

때마침 양손 가득 장을 본 아연이 현관문을 열고 들어서고 있었다.

"오빠, 배고프죠?"

"마트 갔다 왔어?"

"예, 그런데 어디 나가요?"

아연의 얼굴에 실망감이 스친다.

그와의 오붓한 식사가 물거품이 될 것 같아서다.

"인경이 누나가 보자네."

"인경 언니가요?"

도시 생활에 만족하는 희연과 경상도와 달리 아연은 지금의 생활이 만족스럽지 않았다.

소백산 시절보다 몸은 지금이 훨씬 더 편해졌지만 마음만은 그때보다 더 무겁다.

이유는 단 하나. 현성의 주변에 여자들이 너무 많아서다.

그것도 뛰어난 미모를 자랑하는 노련한 연상녀들이다.

그중 아연이 가장 신경 쓰는 여자는 단연 앞집에 사는 차민연이었다.

광검 수련에 몹시 바쁠 텐데도 그녀는 매주 집에 들렀고 그때마다 현성을 불러내거나, 아니면 그의 방을 제 방처럼 점거하곤 했다.

그녀를 받아주는 현성의 행동이 아연은 내심 섭섭하고 얄

밉기도 했다.

"어, 그런데 표정이 안 좋네. 어디 아프냐?"

"아, 아뇨, 흠… 다녀오세요. 전 라면이나 끓여 먹어야겠네요."

웬일로 민연이 이번 주말에는 집에 오지 않았다.

이를 알았을 때 아연의 기분은 날아갈 듯 가볍고 좋았다.

그런데 의외의 복병이 현성을 낚아채 버렸다.

속상해진 아연이 투정부린다.

"너… 라면 싫어하잖아."

"땡기네요, 오늘은."

아연이 어떤 마음으로 이런 말을 하는지 현성은 알지 못했다.

아니, 정확하게는 그럴 마음의 여유가 그에게 없었다.

천하의 선우현성이 조바심을 내다니 이는 놀라운 일이다.

하지만 그의 조바심은 완벽한 포커페이스에 가려져 있어 아무도 이를 눈치채지 못하고 있었다.

그리고 그가 하루도 빼놓지 않고 소백산 은신처를 밤마다 찾아갔다가 새벽 무렵에 돌아온다는 것 역시.

"OOO 호텔 레스토랑에서는 라면 안 팔겠지?"

"에? 그게 무슨?"

"같이 가려고 했더니 라면이 땡긴다니 안 되겠네. 그럼 라면 끓여 먹어라. 난 나갔다 올…….”

시무룩했던 아연은 그가 자신과 함께 나갈 생각이었던 것을 알게 되자 언제 그랬냐는 듯 얼굴에 기쁨을 드러냈다.

“잠깐만요! 오빠.”

“왜?”

“같, 같이 가요.”

“거긴 라면 안 팔 텐데.”

분하고 답답한 마음에서 한 소릴 저 남자는 진심으로 받아들였던 건가? 아니면 지금 자신을 놀리는 건가? 아연은 자신의 마음을 나 몰라라 하는 현성이 바늘처럼 느껴졌다.

콕콕콕.

‘오빠, 자꾸 나 아프게 할 건가요?’

속으로 소리쳤지만 아연의 목소리는 점점 문드러져 가는 그녀의 내부에서만 메아리칠 뿐이다.

희연이처럼 원하는 바를 적극적으로 피력할 수 있는 배포와 거절을 두려워하지 않는 용기가 몹시 부러운 아연이다.

늘 멈칫거리는 바보 같은 자신의 마음을 그가 먼저 알아봐 주면 참 좋을 텐데.

견고한 남자의 무심함에 속상하고 자신의 용기 없음에 씁쓸한 소녀, 아니, 여인이다.

“호, 호텔 레스토랑 음식도 상관없어요.”

"그래? 그러자."

현성이 아연의 손에서 장바구니를 받아준 뒤 식탁에 이를 올려놓고 나왔다.

아연이 제 방으로 들어가는 것을 본 현성이 그녀를 부른다.

"안 갈 거야?"

대개의 여자들은 이성보단 동성에게 더 민감하다.

바로 경쟁심 때문이다.

여자들의 치장이 길어지는 이유가 바로 여기에 있다.

"옷 갈아입어야죠."

"그 복장도 괜찮아 보이는데."

"안 괜찮아요. 조금만 기다리세요. 옷만 갈아입고 나올 테니까요."

탁.

아연의 방문이 닫혔다.

길어 봐야 5분이겠거니 생각했던 현성은 20분이 다 되어가도 꿈쩍도 않는 아연의 방문 앞으로 할 수 없이 걸어간다.

똑똑.

"늦겠어."

"예, 예, 금방 나갈게요."

"대충하고 나와."

"대충하고 있어요. 조금만 더 기다려 주세요."

약속 시각은 다 되어 가는데 조금만, 조금만 더 기다려 달라던 그녀는 나올 기미조차 없다.

시간과 아연의 방문을 확인하는 현성의 포커페이스가 이 순간 살짝 흔들린다.

'오늘은 공간 이동 한 번밖에 사용할 수 없는데… 휴우, 써야겠군.'

앞으로 절대 믿지 않으리라.

여자의 조금만을.

째깍째깍.

* * *

지역의 경계선마다 무장 인력이 상주한 검문소가 설치되어 엄격한 검문검색을 시행하고 있다.

검문소가 아닌 장소를 이용하여 타 지역으로 넘어가는 일은 불법이며 엄중한 처벌을 각오해야 한다.

거주와 직업의 자유에 이어 통행의 자유마저 사실상 박탈당한 것이다.

상위 지역보단 하위 지역 주민들의 상실감이 크다.

"저 다리만 건너면 일반 지역이야."

전방 오십 미터 앞의 다리를 가리키며 경상도가 말했다.

상위 지역 거주자들은 하위 지역으로 이동하는 경우가 극히 드물다.

이는 일반 지역이 빠른 속도로 우범지대가 되어가고 있다는 흉흉한 소문이 나돌면서였다.

상도와 달리 희연은 이를 뜬소문이라 여겼다.

급변한 인심을 직접 겪어보지 못한 희연으로서는 어쩌면 당연한 생각일 것이다.

'변두리라서 그런가? 황량한 느낌이네.'

눈에 비친 일반 지역의 모습은 그녀의 감상처럼 삭막하고 우중충했다.

일반 지역으로 들어선 차량은 속도를 늦추었다.

창밖을 바라보는 희연의 표정이 점점 굳어진다.

상위 두 방호 지역과는 확연한 차이를 보이는 주변 풍경, 그리고 행인들의 복장과 표정은 희연에게 적잖은 충격을 주었다.

마치 이곳이 남한 땅이 아닌 북한의 어느 가난한 소도시인 것 같은 느낌으로 다가왔다.

상도가 대로 옆 길가에 차를 세웠다.

"왜 세워?"

"기름이 별로 없어. 근처에 주유소 있는지 확인하고 가마."

예전엔 거리마다 한두 개씩 영업하던 주유소의 소유권은 이제 모두 국가에 귀속됐다.

이전처럼 '가다 보면 주유소가 있겠지?' 하는 안일한 생각을 했다간 큰코다치기 십상이다.

미리 그 위치를 파악한 뒤 동선과 가장 가까운 곳을 확인하여 움직이는 것이 현명한 선택이다.

상도는 주유소 위치를 지도에서 찾고 있다.

한낱 주유소가 지도상에 표기될 정도로 세상은 참 많이 바뀌었다.

지이이잉.

희연은 창문을 내렸다.

히터로 데워진 뜨끈뜨끈한 얼굴이 찬 공기를 맞자 그녀는 시원함을 느꼈다.

두 눈을 감고 잠시 이를 음미하던 희연은 곧 찌푸린 얼굴로 눈을 떴다.

퍽퍽퍽.

"으으… 살려, 살려주세요."

창밖 2시 방향쯤의 인도와 근접한 골목 안쪽에서 타격 음과 신음 소리가 들린다.

광검을 완성한 이후 희연의 신체 능력은 몰라보게 향상됐지만 이 소린 그와 별개로 일반인들도 얼마든지 들을 수 있을 정도다.

골목 앞을 지나가는 행인들도 이를 들었는지 다들 골목 안쪽을 힐끔거리더니 뭔가 급한 일이 생각난 듯 갑자기 걸음을 빨리했다.

시비에 얽히고 싶지 않은 기색을 행인들의 얼굴에서 쉽게 엿볼 수 있었다.

'비겁하잖아.'

어처구니가 없다가 곧 화가 치미는 희연이다.

사람이 맞아 죽을지도 모를 상황인데 다들 저 자신만 돌보려 한다.

맞고 있는 사람이 자신들의 가족이라도 그럴까? 이 도시가 황량해 보인 이유가 어쩜 사람들의 지독한 이기심 때문이 아니었을까 싶은 생각이 희연의 뇌리를 스친다.

남의 불행을 절대 못 보는 사람들이 있다. 선천적으로 정의감이 투철한 사람들이다.

물론 희연은 그런 타입이 아니다.

이전의 그녀였다면 분명 저 행인들처럼 제 안위를 위해 눈도 감고 귀도 막아버렸을 것이다.

그랬던 희연은 한 사람을 알게 되면서부터 조금은 이기적이고 개인적이던 성격에서 상당히 탈피했다.

피 한 방울 섞이지 않은 자신과 언니를 위해 몸을 아끼지 않고 돌봐준 선우현성이란 남자로 인해.

철컥.

문을 열고 나가려는 희연을 경상도가 붙잡았다.

무엇 때문에 그녀가 밖으로 나가려는지 다 안다는 표정이다.

상도는 시침을 뚝 떼며 물었다.

"어디 가려고?"

"저 골목에서 누군가 맞고 있어."

"그래서 뭘 어쩌려고?"

"뭐? 그게 무슨 소리야. 사람이 맞고 있다고. 죽을지도 모르잖아!"

희연의 목소리에 노기가 실린다.

상도는 그게 무슨 대수냐? 하는 표정으로 희연을 빤히 쳐다보았다.

"똥이 눈에 보인다고 해서 매번 그 똥 다 치우고 살래?"

"사람 목숨이 똥이야? 말을 해도 어째 그따위로 하는 거야!"

"말이 그렇다는 거지. 그리고 저기 봐라."

도로 건너편 상점 앞 대로에 순찰차가 서 있었다.

대한민국의 법은 정의로운 폭력과 불의한 폭력을 동일시한다.

오죽하면 정당방위조차 인정되지 않는다는 말이 나올까.

희연은 자신보다 좀 더 산 경상도가 그 점을 지적하는 것이라 생각했다.

올바르지 못한 경상도의 표현에 화가 났던 희연은 그제야 화가 좀 가셨다.

"알았어, 무슨 말인지. 내가 신고하고 올게."

"휴우, 넌 여기 있어라. 내가 갔다 올 테니까."

투덜투덜하며 경상도가 순찰차로 걸어갔다.

똑똑.

지이이이잉.

"뭐요?"

창문을 내린 경찰관이 퉁명한 어조로 용무를 묻는다.

경상도는 경찰관의 태도가 눈에 거슬렸다.

'떫은 감만 먹고 살았나. 이 짭새, 태도가 왜 이래?'

순간 아랫배에서 뜨거운 것이 확 치밀어 오르는 경상도였다.

"뭐야? 당신."

"민중의 지팡이가 그리 까칠하면 시민들이 겁나서 신고하것소?"

오는 말이 곱지 않은데 어찌 가는 말이 고울쏜가.

경상도의 삐딱한 대꾸에 경찰관이 목에 핏대를 세운다.

"이 새끼가 어디서 깝죽거려?"

잔뜩 화난 표정의 경찰관이 차 문을 확 열었다.

차 문에 부딪친 경상도의 몸이 뒤로 밀렸다.

그때 이쪽으로 차량 한 대가 달려왔다.

위험한 순간이었다.

행인들이 깜짝 놀라 소리쳤다.

경상도를 발견한 운전자 역시 놀라 경적과 동시에 브레이크를 밟았다.

휙.

땅을 박찬 경상도는 달려오던 차량의 지붕을 한 손으로 툭 짚고는 그 힘으로 공중제비를 돈 뒤 지면에 착지했다.

순식간에 벌어진 놀라운 묘기였다.

눈을 부라리며 튀어나온 두 경찰관과 주위 행인들이 두 눈을 동그랗게 뜨곤 입을 쩍 벌렸다.

방금 경상도가 선보인 묘기는 결코 평범한 인간이 선보일 수 없는 몸놀림이었다.

부우우웅.

검은색 고급 승용차 한 대가 이목이 집중된 이곳을 빠르게 스쳐 지나간다.

이 차량엔 앙심을 잔뜩 품은 최동석이 타고 있었다.

녀석의 목적지는 희연과 동일한 곳이다. 이혜영의 집.

"다, 당신… 스킬러요?"

경찰관의 삐딱한 태도는 경상도가 펼쳐 보인 신묘한 한 수 앞에서 언제 그랬냐는 듯 먼지처럼 날아가고 없다.

고압적인 태도의 다른 경찰관도 놀라기는 매한가지다.

사람들의 이목이 신경 쓰였던지 경상도는 험악한 그 인상을 대번에 풀었다.

그러곤 품속에서 스킬러 전용 신분증을 내보였다.

꿀꺽.

마른침 넘어가는 소리가 두 경찰관의 목구멍에서 동시에 울려 퍼졌다.

당황하여 어쩔 줄 몰라 하는 이들을 향해 경상도는 점잖게 폭력 사건을 신고했다.

무사안일, 뇌물 수수에 절어 살아온 두 경찰관은 삽시간에 열정과 사명감이 투철한 경찰관이 되어 폭력 사건이 일어난 골목길로 죽을힘을 다해 뛰었다.

꽁지에 불이 붙은 망아지처럼 뛰어가는 두 경찰관의 모습을 행인들이 다들 신기한 동물 보듯 쳐다본다.

일반 지역 내 공무원들은 민생보다 자신의 사리사욕 챙기기에 급급한 부패의 대명사였다.

그런 자들이 어찌 돈도 안 되고, 귀찮고, 위험한 사건에 적극적이겠는가.

"하아, 짭새들도 뛸 줄 아네."

"크윽, 그러게. 이거 내일은 해가 서쪽에서 뜨려나 보다."

행인들은 씁쓸한 표정으로 현실을 비꼰다.

짝짝짝짝!

행인 중 한 명이 통쾌함을 선물해 준 경상도를 향해 박수를 쳤다.

박수는 강한 전염병처럼 주위로 퍼져 나갔다.

태어나 처음으로 경상도는 칭찬의 박수를 받게 되었다.

'이거… 기분 묘하네. 이래서 영웅 놀이 하는 건가?'

* * *

스팟!

현성과 아연이 OOO 호텔 정문 앞에 불쑥 나타났다.

호텔로 들어가고 나오던 사람들은 갑작스럽게 출현한 남녀로 인해 다들 깜짝 놀라 뒷걸음질을 쳤다.

하지만 곧 아무 일도 아니라는 듯 흩어졌다.

국내 스킬러들 모두 최우선 방호 지역에 모여 살다 보니 일반 거주민들도 이런 일엔 다들 익숙한 듯 보인다.

힐끔힐끔.

"오빠, 왜 자꾸 그렇게 보세요?"

아연은 속상한 표정을 얼굴에서 내내 지우지 못했다.

현성이 집에서부터 자신을 자꾸 힐끔거렸기 때문이다.

오늘따라 아연의 옷차림은 수수한 평소와 달리 화려함과 과감함이 엿보였다.

여기에 화장까지 더해서 그런지 청초하고 청순한 학구파 미소녀의 이미지는 온데간데없다.

여자는 화장, 조명, 옷발이라고 하더니.

"어색해서."

"그렇게 어색해요?"

난생처음 해본 치장이다.

옷과 화장품 모두 희연의 것이다.

이 물품을 희연이 구매했을 때 아연은 '어린 게 발랑 까져서 그딴 것이나 사고 잘한다. 잘해!' 라는 꾸지람을 내렸었다.

그런데 지금 여동생이 개시도 안 한 새 옷과 화장품을 도용하고 말았다.

'내가 내 정신이 아니었나 봐. 히잉… 나 정말 많이 이상한가 봐. 그냥 돌아갈까?'

아연의 자신감은 바닥을 향해 곤두박질쳤다.

반대로 부끄러움은 하늘 높은 줄 모르고 솟구친다.

화끈화끈.

"응."

빈말이라도 아니라고 해주었다면 그녀의 쪼그라든 자신감도 어느 정도 회복되었을 텐데 무심한 남자는 이를 미처 생각지 못한 듯 느낀 바 그대로를 칼같이 대답한다.

아연은 밝은 레스토랑으로 들어가면 더 많은 사람의 놀림감, 혹은 구경거리가 될 것 같았다.

송충이는 솔잎을 먹어야 하는데 왜 갈잎을 먹으려 했을까.

후회, 후회, 후회… 막급이다.

'울고 싶어.'

울음은 그녀의 마지막 자존심이었다.

여기서 한 방울의 눈물만 비춰도 자신의 감정을 주체 못한 채 주저앉아 대성통곡할지도 몰랐다.

그래서 악착같이 이를 누르고, 또 누른다.

목숨을 던져서라도 지키고픈 여인의 자존심이다.

호텔 입구에 서 있는 남녀를 향해 아리따운 두 여인을 대동한 남자가 걸어오고 있었다.

"현성아!"

자신을 부르는 남성의 굵직한 목소리에 고개를 돌린 현성은 박상철을 볼 수 있었다.

상철이 대동한 두 여자는 이인경과 차민연이었다.

이들의 출현으로 주변인들의 시선이 마치 조명처럼 쏟아졌다.

군살 하나 찾아보기 힘든 날씬한 체형과 달리 가슴과 엉덩이가 발달하고 까무잡잡한 피부가 매력적인 이인경, 백옥빛 뽀얀 피부에 오밀조밀한 이목구비가 동양적인 미녀 차민연.

평소와 달리 치장한 두 여인의 미모는 좌중을 압도하고도 남았다.

안 그래도 잔뜩 주눅이 들어 있던 아연은 두 여인으로 인해 더욱 작아졌다.

"오랜만입니다, 상철 형."

"그래, 오랜만이다. 근데 옆에 분은 누구?"

"아연이요."

현성의 무미건조한 듯한 소개에 상철과 인경, 민연이 깜짝 놀란다.

아연의 미모야 그녀들도 내심 인정하고 있었다.

하지만 그 느낌은 풋풋한 미소녀 같은 느낌이지 지금처럼 꽃망울을 활짝 터뜨린 완숙한 여인의 느낌은 아니었다.

"아, 안녕하세요, 상철 오빠, 인경 언니, 민연 언니."

기가 팍 죽은 아연의 목소리는 점점 작아졌다.

아연은 자신이 세상에서 가장 초라하고 멋없는 여자라는 생각까지 들었다.

그녀의 자신감 상실의 원인은 다 선우현성, 이 멋대가리 없는 녀석 탓이다.

인경이 성큼성큼 아연에게 다가가선 두 눈을 크게 뜨고 아연을 위아래로 훑어보며 감탄했다.

"아연이 몸매 완전 작살이네. 이렇게 보니까 못 알아보겠다, 얘. 호호, 안 그러니, 민연아?"

인경은 민연보다 한 살 어렸지만 두 사람은 직장 선후배, 교관과 훈련생이란 사회적 신분 등등을 고려하여 친구처럼 지내고 있었다.

우정의 초석을 막 다지고 있는 두 여인이다.

'저 아이가… 아연이라고? 음.'

순수하게 감탄 중인 인경과 달리 아연을 향한 민연의 눈가엔 왠지 모를 그늘이 깔린다.

나이에서도 밀리고 그와의 추억과 함께한 시간에서도 아연에게 밀린다.

그래도 하나 자신했던 점은 외모였는데 치장한 아연을 보니 어느 것 하나 내세울 것 없다는 생각이 절로 들었다.

자존심의 함몰!

아연이 그랬던 것처럼 민연도 그녀와 같은 느낌에 빠져든다.

"자자, 들어가지."

상철이 재촉하자 그제야 다들 호텔 안으로 들어간다.

호텔 맞은편의 대로.

누군가 이들의 동태를 살피고 있었다.

“접니다. 지금 막 선우현성과 박상철 일행이 만났습니다. 예, 도청 장치는 그들이 예약한 테이블에 설치해 두었습니다. 예에? 예, 녹취록은 내일 메일로 보내겠습니다.”

통화 보고를 종료한 남자의 두 눈빛이 따분함으로 물들었다.

조수석에 앉아 있던 남자가 핸드폰을 들여다보더니 상체를 뒤로 튼다.

“용수 형님, 동석이가 문자 보냈습니다.”

동석이란 이름이 거론되자마자 용수의 얼굴에선 노골적인 불쾌감이 떠올랐다.

불쾌감은 날이 선 목소리로 나온다.

“무슨 일이야?”

“며칠 더 있다가 오겠답니다. 어쩔까요?”

“맘대로 하라고 해.”

“옙.”

짜증을 씻어 내리기 위해 용수는 창밖을 응시했다.

곧 그는 다른 생각을 함으로써 동석의 이름을 머릿속에서 지울 수 있었다.

연이은 고통의 파고로 인해 국가, 민족, 가정이 깎이고 부서지고 흩어진 세계.

지금의 세계는 단순하고 단단한 먹이 피라미드 구조로 재편됐다.

스스로 피라미드의 정점이라 믿는 기존의 지배층은 곧 알게 될 것이다.

누가 진정한 정점이며 이 세계의 주인인지를.

'디데이까지는 앞으로 오십일 일. 변동 사항이 없으면 좋겠군. 후후.'

*　　　*　　　*

희연의 친구 이혜영의 집은 일반 방호 지역 내에서도 외각에 위치해 있었다.

일반 지역은 오후 10시만 되면 민간 주택의 강제 단전을 시행했다.

24시간 불야성인 최우선 방호 지역, 오전 1시까지 전기 사용이 가능한 우선 방호 지역과는 대조적이다.

상도와 희연은 이혜영이 사는 주택단지 입구에 도착했지만 찾아갈 엄두가 나지 않았다.

"일반 지역 참 불편하네. 칫, 아무래도 안 되겠다. 전화해

봐, 희연아."

"잠시만."

정전과 별개로 전화는 연결됐다.

신호는 뚜루루 뚜루루 가는데 받질 않는다.

10분을 그렇게 신호만 보내던 희연은 고개를 갸웃거리며 종료 버튼을 눌렀다.

"왜? 안 받아?"

"안 받네. 어쩌지?"

"한 번 더 해봐. 안 되면 내일 봐야지. 보자… 아까 저쪽에서 여관을 봤지?"

이 상황에서 희연의 친구를 만나긴 글렀다고 판단한 상도는 기억을 더듬었다.

희연은 재다이얼 버튼을 눌렀다.

여전히 친구 혜영의 목소리는 들리지 않는다.

무슨 일이 생긴 걸까? 덜컥 걱정이 앞선다.

주소 하나 달랑 들고 찾기에 주택가는 너무 짙은 어둠에 잠겨 있다.

"안 받네. 무슨 일 있는 거 아닐까? 내가 오는 거 알 텐데."

"시간이랑 약속 장소 정했어야지."

"깜짝 놀라게 하려고 그랬지."

"어지간히 놀라겠다. 그나저나 저기 사람들 사는 게 맞긴 맞아? 무슨 심해에 처박힌 침몰선 같은 분위기네. 쩝."

바깥에 나온 주민이라도 보이면 덜할 텐데 무슨 이유에서인지 사람은 코빼기도 보이지 않았다.

"치안이 나쁘니깐 다들 외출을 삼가는 거겠지."

"날 밝으면 다시 오자. 그런데 배는 안 고프냐? 야야, 별일 없을 거야."

"댁 친구 아니라고 속 편한 소리 하지 마."

희연은 불길한 생각을 떨칠 수 없었다.

"아무래도 안 되겠어. 직접 찾아봐야겠어. 차에 랜턴 있지?"

"갑자기 웬 조바심이냐? 그냥 날 밝으면 찾자… 어? 야!"

트렁크 버튼을 누른 희연은 상도의 말을 중간에 끊고 나가 버렸다.

"쪼그만 게 다 지멋대로야. 아우, 짜증 나."

불평을 터뜨렸지만 희연을 혼자 보낼 수는 없었다.

그녀에게 무슨 일이라도 발생한다면 현성과 아연이 가만있지 않을 것이 불 보듯 분명하다.

텅.

"왜 나와?"

"그럼 너 혼자 보내리?"

"칫, 내가 아저씨보다 더 강하거든."

"너, 총이랑 단검 안 가져왔잖아."

"광검 있거든."

희연의 당찬 목소리에 상도의 어깨가 힘없이 축 처졌다.

실전 격투와 사격에서도 자매에게 밀리고, 광검에서도 한 끗발이 부족하다.

"좋겠다, 누렁이 떠서."

"잡소리 그만하고 랜턴이나 들어."

"두 개 다 꺼냈냐? 내가 나올 거 알았어?"

"당연하잖아."

몸으로도 딸리고, 머리도 딸리고.

벅벅벅.

"비듬 떨어져. 털려면 저리 가서 해. 왜 내 옆에서 털어. 더럽게."

"나 머리 감았거든."

"일주일에 한 번 감는 게 자랑이다. 자랑이야. 노닥거리지 말고 빨랑 앞장서."

희연의 성화에 떠밀린 상도가 앞장선다.

"이 주소도 아니고… 저것도 아니고, 요것도 아니고… 이건가? 아니네. 젠장, 개새끼 한 마리 안 지나가네. 야, 넌 왜 안 찾아? 네 친구지, 내 친구냐?"

"나도 찾고 있거든."

"거기서 보이냐?"

"은광의 스킬러 나이트 따위가 어찌 금광의 스킬러 나이트 님의 능력을 알까."

희연의 빼기는 말투에 상도의 자존심이 다시 상처받는다.

하지만 어쩌랴. 광검은 타고나는 능력인 것을.

"좀 조용히 해! 동네 전세 냈냐?"

"잠 좀 잡시다. 잠 좀!"

한밤의 고성방가에 참지 못한 주민들의 항의가 거세다.

"사람 사는 동네 맞긴 맞네, 희연아."

"조용하란 말 못 들었어? 조용히 해. 매너 없게."

"네, 네 목소리가 더 컸거든."

"허얼, 농담도 리얼하게 하시네. 그런데 왜 불렀어?"

희연의 뻔뻔함에 몸서리치는 경상도다.

하지만 상도가 대답하기도 전에 주민들이 먼저 벌컥 화를 낸다.

"야, 이 계집애야, 잠 좀 자자. 잠 좀!"

"계집애가 술 처먹었으면 곱게 들어가 잘 것이지 어디서 주정질이야? 네 어미 애비가 그렇게 가르치든!"

"미친년이면 병원 가라. 병원. 에이, 썅."

주민들의 욕설에 희연의 얼굴은 노을처럼 붉게 물들어 버렸다.

그녀는 고개를 돌린 채 키득거리는 상도를 잡아먹을 듯이 쏘아보며 두 주먹을 부르르 떨었다.

시침을 뗀 상도는 어느새 멀찌감치 달아나 작은 플라스틱 문패와 주소를 대조한다.

한걸음에 상도를 따라잡은 희연이 그와 보조를 맞추며 암호랑이처럼 으르렁거렸다.

"두고 봐. 아저씨 아이템, 내가 다 삭제해 버리겠어."

"내가 누구 땜에 이 고생인데."

"쉿!"

"뭐야? 욕 들어먹는 거 싫……."

갑자기 인상을 굳힌 희연이 오르막길에 설치된 가로등을 뚫어지게 응시했다.

"왜?"

"저기 저 가로등 아래로 누군가 지나갔어."

"어디? 없는데."

"지나갔다고 했잖아."

"사람 사는 동네야. 지나갈 수도 있지."

"사람을 어깨에 멘 남자였어."

"남 일이다. 신경 꺼라. 떡실신한 애인이나 가족… 뭐, 그런 거겠지. 그보다 언제까지 발품 팔 거야? 이러다 날 새겠다. 오늘은……."

귀찮은 일에 휘말리고 싶지 않은 상도와 달리 희연은 이를 묵과할 수 없었다.

그녀는 다부진 표정으로 추격전에 나섰다.

휘익!

주변에서 가장 높은 옥상으로 올라간 희연은 안력을 돋워 주변을 샅샅이 훑기 시작했다.

'저기구나!'

일반인이 아니다. 일반인이라면 결코 축 처진 사람을 어깨에 메고도 저리 신속하고 가볍게 움직일 수 없다.

스킬러, 아니, 놈은 스킬러 나이트다.

두근두근.

굳은 표정을 한 희연의 뒤로 경상도가 모습을 드러냈다.

"저 자식, 스킬러 나이트 같은데?"

"쫓아가야겠어, 아저씨."

"정부에서 나온 사람이면 일이 꼬일 건데."

"몰라. 일단 잡아서 확인해 보면 알겠지."

화르르.

희연의 전신에서 투지가 들끓는다.

휘익.

일말의 망설임도 없이 맞은편 옥상으로 몸을 날린 희연은 착지와 동시에 뛰기 시작했다.

“도토리만 한 게 겁도 없네. 아우, 씨.”

불평불만을 터뜨리며 경상도 역시 희연의 뒤를 쫓았다.

희연의 추격을 눈치챈 놈은 속도를 올렸다.

놈은 지붕과 옥상과 높고 낮은 담장 위, 혹은 건물의 양 벽면을 디딤판 삼아 움직이며 추격의 꼬리를 떼어내려 했다.

하지만 놈의 작전은 희연과 경상도에게 통하지 않았다.

한밤의 추격전이 지나간 곳마다 놀란 주민들이 하나둘 밖으로 나왔다.

어떤 이는 경찰에 신고하고 영문을 이웃에 묻기도 했다.

어둠에 휩싸인 주택단지는 주민들의 웅성거림으로 어수선하게 변했다.

* * *

‘뭐지? 저 계집앤!’

좀 전 가로등 아래를 지날 때 동석은 남자와 함께 있는 왜소한 체구의 소녀와 눈길이 우연히 잠깐 마주쳤다.

대수롭지 않게 여겼던 그 일이 한밤의 추격전으로 이어질 줄 동석은 전혀 예상하지 못했다.

소녀는 결코 평범한 인간이 아니다. 그 소녀의 일행인 떠버리 남자 역시 마찬가지다.

신체 강화 스킬러일지도 모른다는 초반 동석의 생각은 곧 흩어지고 말았다.

이 정도까지 자신을 쫓아올 수 있는 자들은 오직 한 부류의 인간밖에 없다.

스킬러 나이트!

최우선 방호 지역도 아닌 일반 지역에 스킬러 나이트가 존재하고 있다. 이는 동석의 예상을 벗어난 곤란한 돌발 상황이었다.

"거기 서라!"

주택가를 지나 작은 야산으로 뛰어든 동석을 향해 희연이 소리쳤다.

이 야산 너머에 동석이 타고 온 차량과 일행이 그를 기다리고 있었다.

일행이라고 해 봐야 평범한 인간에 불과하다.

그러니 그들의 도움은 기대조차 할 수 없다.

하지만 잠깐의 시간은 벌어주지 않을까? 하는 막연한 기대감과 의지하고픈 마음에 녀석은 일단 일행이 기다리는 장소로 내달렸다.

'미친년, 너 같으면 서란다고 서겠냐?'

바드득.

하나면 모를까 둘을 어찌 상대한단 말인가! 동석은 자신의 패배를 처음부터 단정한 채 싸워볼 엄두조차 못 냈다.

늘 그랬듯이 이 상황에서도 녀석은 자기변명과 자기 합리화를 통해 스스로 정당성을 부여했다.

그 누구라도 이 상황에선 달아날 수밖에 없다. 자신이 겁쟁이라서 달아나는 게 아니다! 하고 책임을 전가하는 마음.

야산을 도주로로 삼은 동석은 이 선택이 자신의 최대 실책임을 깨닫지 못하고 있었다.

희연이 소백산에서 단련된 여전사임을 그가 어찌 알았겠는가.

두 사람의 거리는 점점 좁혀든다.

동석의 초조감은 더욱더 커져서 움직임을 방해하는 걸림돌이 된다.

'제길, 이러다 따라잡히겠어.'

극단적인 처방이 필요하다고 여긴 동석은 단검을 빼 든 뒤 기절한 혜영의 옆구리를 푹 찔렀다.

비열하고 비겁한 행위다.

"끄아아아아악!"

살이 뚫리고, 근육과 신경이 잘리고, 뼈가 파이는 거대한 통증이 혜영의 깊은 의식을 뒤흔든다.

기절에서 깨어난 혜영의 입에서 처절한 비명이 터져 나왔다.

동석의 잔인한 행동에 섬뜩해진 희연은 멈칫했다.

미친놈이다. 의식도 없는 사람의 몸을 아무렇지도 않게 찌르다니.

"너, 너 이 새끼, 뭐 하는 짓이야!"

퍼뜩 정신을 차린 희연은 거대한 분노를 두 눈에 담아 동석을 태워 죽일 듯 노려보았다.

"시발, 이게 다 너 때문이야. 너만 안 쫓아왔어도 이년은 괜찮았을 거야. 다 너 때문이야! 이년이 죽어가는 건… 크크."

놈의 말대로 혜영은 이 순간엔 괜찮았을지도 모른다.

하지만 놈이 혜영의 집에 침입하여 자행한 끔찍한 짓을 생각하면 차라리 지금 상황이 낫지 않을까 싶다.

"무슨 개소리야, 이 자식아. 다 너 때문이지, 왜 나 때문이야!"

"다 너 때문이야. 난 이 녀석 찌를 생각이 없었어. 그러니까 다 네 잘못이야. 상황을 이렇게 만든 네가 고통받아야 해. 죄책감에 시달려야 해."

"이거 완전 상 또라이네. 너, 정신병동에서 언제 탈출했냐?"

억지 주장을 펼치는 동석을 노려보는 한편 희연은 출혈이 심한 소녀의 상태를 살폈다.

희연은 아직 칼에 찔린 소녀가 자신이 찾고자 했던 친구 혜영임을 알아보지 못하고 있었다.

혜영의 머리카락이 그녀의 얼굴 대부분을 가리고 있기도 했거니와 그녀의 얼굴을 자세히 살필 상황도 아니었다.

드디어 경상도가 장내에 도착했다.

"헉헉… 아우, 죽겠다. 담배를 끊든가 해야……?"

투덜거리던 경상도는 옆구리에서 피를 철철 흘리며 신음하는 소녀를 보자마자 입을 꾹 닫았다.

다소 경박하게 행동하던 상도는 눈앞의 장면을 보자 그 태도가 싹 사라졌다.

과거에 그도 나쁜 짓을 일삼았지만 나름의 원칙이 있었다.

아이와 여자와 노인은 건드리지 않는다는 것이다.

제 눈에 보이지 않는 곳에서 수하들이 저지르는 악행이야 어쩔 수 없었지만 적어도 녀석의 눈앞에서 그런 짓을 했던 부하들은 단 하나도 무사하지 못했다.

상도가 현장에 도착하자마자 동석은 남녀를 향해 혜영을 힘껏 집어 던진 뒤 소리치며 도주했다.

"네년 얼굴, 똑똑히 기억했다. 오늘의 이 빚은 반드시 되갚아주마."

희연이 몸을 날려 날아오는 혜영을 받았다.

혜영의 얼굴을 덮은 머리카락이 순간 휘날리며 그녀의 얼굴이 고스란히 달빛 아래 드러났다.

허공에 뜬 그 짧은 순간 혜영의 얼굴을 확인한 희연은 큰 충격에 빠졌다.

"혜, 혜영아!"

동석을 추격하려던 상도는 희연의 찢어지는 비명에 황급히 몸을 돌려세웠다.

'혜영이라고… 서, 설마?'

이곳으로 오는 내내 친구를 만난다는 설렘으로 들떠 있던 희연이었다.

내내 활기를 띠며 웃는 그녀의 상기된 모습은 상도마저 기분 좋게 만들었다. 귀여운 막냇동생의 즐거워하는 모습에 웃음 짓는 큰오빠의 심정이랄까?

그런데 행복하고 밝아야 할 희연과 혜영의 만남은 이처럼 눈물과 피만 흘러넘치고 있었다.

상도는 머릿속이 뻥 뚫린 듯 멍멍해졌다.

"희연아, 그… 그 애가 네 친구냐?"

"흑흑흑, 혜영아, 혜영아… 어쩜 좋아. 어쩜."

희연은 온몸을 부들부들 떨며 눈물만 펑펑 쏟았다.

평소 똑 부러지던 당당한 소녀는 친구의 차가워지는 몸뚱이 앞에서 미아처럼 헤맬 뿐이다.

홱.

분노한 상도의 얼굴이 어둠 속으로 스며든 동석의 흔적을 찾는다.

안타깝게도 놈의 모습은 더 이상 눈에 잡히지 않았다.

상도는 이 순간 제 친구가 죽은 듯 비분강개했다.

따지고 보면 혜영이란 소녀와 상도는 일면식도 없는 남남이다.

그럼에도 상도가 이처럼 크게 슬퍼하고 분노하는 이유는 하나뿐이다.

가족이 눈앞에서 피눈물을 흘리고 슬픔을 토악질하고 있다.

혜영의 옆구리 상처는 의료 지식이 전혀 없는 상도가 봐도 회생하기 어려울 만큼 꽤나 깊어 보였다.

'어, 어떡하지?'

경상도는 제 머리를 미친 듯이 박박 긁어댔다.

한 살이라도 더 먹은 자신이 뭐라도 해야 하는데 뭐부터 해야 좋을지 판단이 제대로 서지 않았다.

만약 이 자리에 현성이 있었다면 적절한 조치를 신속하게 취했을 것이다.

아니, 이런 일조차 일어나지 않았을 것이다.

'나 때문이야. 내가 캡틴을 찾아간 게 잘못이야! 다 내 잘못이야… 크흑.'

본래 이곳은 상도가 아닌 현성이 있을 자리였다.

하지만 그 자리를 상도가 중간에 가로챘다. 현성에게 희연과 친해지고 싶으니 대신 가게 해달라는 부탁을 한 것이다.

눈앞에 펼쳐진 비극의 원흉은 그놈이 아닌 어쩜 자신일지 모른다.

짜악!

상도는 정신을 차리기 위해 제 뺨을 힘껏 때렸다.

"비켜봐, 희연아."

혜영의 상처 부위를 손으로 막고 있는 희연의 손을 걷어낸 상도는 그 부위를 향해 스킬러 고유의 제 능력을 발휘했다.

"빙결!"

이 방법이 지혈에 도움이 될지 안 될지는 미지수였지만 당장 할 수 있는 일은 이것밖에 없었다.

피를 많이 흘리면 사람이든 동물이든 반드시 죽게 된다.

다행히도 상도의 임기응변은 통했다.

'살리고 싶어. 혜영이란 아이… 그리고 희연이도 웃게 하고 싶어! 신이 있다면 도와줘요!'

제30장

희연의 죄의식

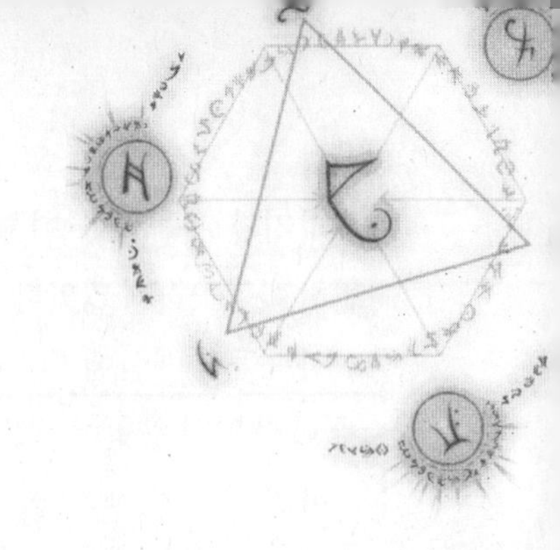

OOO호텔 내 레스토랑.

현성과 아연은 호텔 레스토랑이 난생처음이었다.

모든 사람이 명품으로 온몸을 치장하고 있고 식사하는 모습 하나하나가 자연스럽고 우아했다.

도화지 위에 떨어진 한 점의 먹물이 도드라지듯 현성과 그 일행은 레스토랑 내에서 가장 도드라지는 고객이었다.

사람들의 관심과 시선이 내내 이들에게서 떠나지 않았다.

전국을 떠들썩하게 만든 장본인 선우현성, 그리고 전직 여배우였던 차민연은 모두의 관심을 끌기에 충분했다.

하지만 무뚝뚝한 현성은 사람들의 힐끔거리는 시선에도 전혀 아랑곳하지 않았다.

사람들의 시선에 익숙한 민연 역시 거부감 없이 자연스럽게 이런 상황을 받아넘겼다.

반면 박상철, 이인경, 유아연의 경우는 식사 내내 어색함과 불편함을 수시로 드러냈다.

"편한 식당으로 할걸 그랬나 봐요?"

민연이 세 사람의 눈치를 보며 미안한 표정을 지우지 못했다.

쩔쩔매는 그녀를 상철과 인경이 괜찮다고 웃는 낯으로 위로했다.

"고마워요. 두 분이 그렇게 생각해 주시니. 참, 아연이는 괜찮아? 음식은 입에 맞고?"

일행 중 가장 불편해하는 사람은 아연이었다.

현성은 어딜 내놔도 주변의 분위기에 휩쓸려 허둥거리는 캐릭터와는 거리가 멀다.

반면 아연은 사람들의 이목에 대한 면역력이 없는 데다 식사 중 두어 차례 실수까지 하면서 많이 움츠러든 상태였다.

"예, 괜찮아요."

예의상 아연은 괜찮다고 말했다.

실상은 정반대였지만.

"미안해. 다음엔 편한 자리에서 식사하자."

"아, 안 그러셔도 돼요."

"아냐, 내가 미안해서 그래. 현성 씨는 어때요?"

일행 중 유일하게 현성은 잔반 하나 남기지 않았다.

풀코스 요리의 양을 생각하면 대단한 위장이다.

"괜찮았습니다."

"그럼 다음번엔 현성 씨랑 저 단둘이 한번 와볼까요?"

생글생글 웃으며 민연이 말했다.

농담 반 진담 반이다.

민연이 현성을 좋아하는 것을 눈치챈 인경은 그녀의 적극적인 대시에 피식 웃었고 상철은 부러운 듯 현성을 보다가 인경에게 옆구리를 꼬집혔다.

동료라기보다 연인 같은 두 사람이다.

아연은 민연과 비교조차 되지 않는 자신의 초라한 모습에 마음속으로 눈물을 펑펑 터뜨렸다.

"이런 데는 한 번 와본 걸로 족합니다."

현성의 가차 없는 진지한 대답에 민연은 내심 크게 실망했다.

빈말이라도 '그러마!' 하면 얼마나 좋을까.

민연은 자신의 제안이 단번에 거절당하자 인경과 상철의 시선이 따갑게 느껴졌다.

시무룩하던 아연의 얼굴에서는 그 순간 옅은 반색이 감돌았다.

"불편하셨나 봐요, 현성 씨."

"아뇨."

두 사람의 모습을 빤히 응시하던 박상철이 작은 박수로 일행의 분위기를 환기시켰다.

모두의 시선이 모이자 상철이 그제야 입을 열었다.

"이 차 갈까?"

"상철 오빠, 아연이는 미성년… 아닌가? 아연아, 몇 살이지?"

"열아홉이에요, 언니."

"캬아~ 십 대라… 부럽네. 그렇지 않아, 민연아?"

"그러게. 참, 인경아."

"응?"

"아연이 소개팅 시켜줄까? 괜찮은 훈남 훈련생들 많잖아."

두 여인의 급작스러운 화제 전환에 아연은 당황하며 현성을 힐끔거렸다.

내심 아연은 자신의 소개팅을 현성이 결사반대해 주길 바랐다.

두근두근.

'…오빠.'

아연의 두 눈은 기대감으로, 두려움으로 흔들렸다.

민연은 안 보는 척하면서 아연과 현성을 은밀히 번갈아 봤다.

그러더니 아연의 소개팅 여부를 현성에게 불쑥 묻는다.

"현성 씨는 아연이의 소개팅 어떻게 생각해요?"

민연과 아연의 표정에 일순간 긴장감이 흘러넘친다.

그의 대답 여부가 곧 아연에 대해 현성이 느끼는 감정의 바로미터가 될 수 있기 때문이다.

"또래를 만나…? 전화가… 여보세요."

핸드폰에 찍힌 경상도의 이름을 확인한 현성은 대답을 멈춘 채 통화했다.

긴급한 일이 발생하면 연락하라는 언질을 미리 해두었기에 현성은 사람들에게 양해도 구하지 않고 그 자리에서 전화를 받았다.

다급한 상도의 목소리가 핸드폰에서 흘러나온다.

—캡틴, 경상돕니다. …(중략)…… 일이 이렇게 됐습니다. 아연이가 필요합니다.

현성의 표정이 살짝 굳어진다.

재빨리 시계를 들여다본 현성의 표정은 풀릴 기미가 없었다.

적어도 두 시간이 지나야 공간 이동 능력이 회복된다.

지금으로썬 아연을 데리고 당장 현장까지 갈 수 없었다.

"당장은 갈 수 없어. 최소 두 시간 후에나 가능해."

—그래요? 어쩔 수 없죠. 일단 병원으로 이송할게요. 병원에서 다시 연락할게요. 그럼.

아연은 여동생에게 안 좋은 일이 생긴 게 아닌가 싶어 걱정 가득한 표정으로 현성을 바라보았다.

"오, 오빠, 상도 아저씨예요? 무슨 일이 생긴 거예요?"

"아니, 혜영이란 아이에게 일이 생긴 것 같다."

"혜영이한테요? 대체 무슨?"

희연에게 무슨 일이 생긴 게 아닐까 조바심을 냈던 아연은 현성의 대답에 크게 안도했다가 곧 자책했다.

여동생의 친구가 사경을 헤매고 있다는 말을 듣고도 오히려 안도한 자신의 이기심이 끔찍하게 여겨졌기 때문이다.

"무슨 일이에요, 현성 씨?"

"무슨 일이야?"

"누가 다쳤어요?"

민연을 시작으로 인경, 상철이 걱정 가득한 표정으로 물었다.

현성은 통화 내용을 간단히 설명한 뒤 다시 시계를 본다.

재촉한다고 시간이 빨리 움직일 리 없다.

곰곰이 생각하던 상철이 제 손바닥을 딱 치며 인경에게 확인했다.

"인경아, 철민이 형 이 근방에 산다고 하지 않았어?"

"아! 철민 오빠가 있었네. 잠시만요."

인경이 핸드폰을 꺼내어 양철민 팀장에게 연락을 취했다.

쉬는 날이라 양철민 팀장은 자택에 있었다.

자리에서 일어선 일행은 곧 양철민 팀장의 자택으로 차를 몰았다.

* * *

"혜영아, 혜영아! 흐윽, 흑흑흑흑."

현성 일행은 양철민 팀장의 공간 이동 능력의 도움을 받아 일반 지역 도로변에서 상도와 희연을 만났다.

아연이 혜영을 치료하기 위해 힘을 발휘했지만 소녀의 숨은 이미 멎어 있었다.

사람들의 얼굴마다 침중한 기색이 흐른다.

친구의 시신을 부둥켜안은 희연이 대성통곡했다.

16세… 죽기엔 너무 어린 나이다.

박상철 일행은 일이 있어 먼저 상경했다.

가기 전 이들은 지역 경찰서에 들렀다.

한 무리의 스킬러가 들이닥친 경찰서는 발칵 뒤집어졌다.

경찰서장이 달려오고 그 밑의 간부들도 속속 들어왔다.

창밖은 여전히 어둡고 거리는 음침할 정도로 조용했다.

서장의 특별 지시로 소환된 강력계 형사들과 함께 현성과 상도가 혜영의 집으로 향했다.

그동안 아연과 희연은 병원 영안실을 지켰고, 상철과 그 일행은 경찰서에서 제공한 헬기 편으로 상경했다.

혜영의 집 현관문은 안으로 잠겨 있었다.

벨을 누르고, 문을 힘껏 두들겨도 집 안은 쥐죽은 듯 조용했다.

곤히 잠든 이웃들이 이 소리에 놀라 하나둘 밖으로 나왔다.

복도는 금세 주민들로 빽빽해졌다.

"공무 수행 중입니다. 협조해 주시기 바랍니다."

서슬 퍼런 형사들의 분위기에 압도된 주민들은 단 한마디의 불평도 내놓지 못한 채 각자의 집으로 얌전히 들어갔다.

예전 세상이었다면 당장 불평불만이 쏟아졌을 상황이다.

일반 지역 전체를 감싼 경직된 분위기의 한 단면을 여기서 엿볼 수 있다.

"한 형사, 문 따."

"예, 반장님."

한 형사가 문을 따는 동안 형사반장이 현성을 바라보며 굳이 하지 않아도 될 양해를 구했다.

"조금만 기다려 주십시오. 저 친구가 이런 일엔 소질이 있습니다. 하하."

"예."

현성의 정체를 어찌 형사들이 모르랴.

예전 같으면 눈에 불을 켜고 그를 잡으려 했을 것이다. 아니, 안 했을지도…

"반장님, 문 땄습니다."

"열어봐."

현성의 무뚝뚝한 말투와 무심한 표정, 그리고 그의 과거는 형사반장을 비롯해 형사들 전원을 주눅 들게 만들었다.

얼마나 그가 부담스러웠으면 이곳까지 오는 동안 형사 전원이 입도 벙긋하지 않았다.

문이 열린다.

피비린내와 참혹한 전경이 모두를 맞는다.

목불인견의 끔찍한 참상이 거실에 펼쳐져 있었다.

현장 경험이 풍부한 형사들마저 거실의 전경에 다들 얼어붙었다.

신참은 감히 쳐다보지도 못한 채 제 입을 틀어막기 급급했다.

"우욱."

"윽!"

놀라기는 상도 역시 마찬가지였지만 분노가 크게 앞서 있었기에 신참 형사들이 앞서 보인 추태는 보이지 않았다.

"사건 현장 보존하고 감식반 당장 불러."

형사반장의 지시로 그제야 형사들이 부랴부랴 움직였다.

피와 훼손된 시신으로 더럽혀진 적막한 실내는 형사들의 유입과 움직임으로 되살아나고 있었다.

"괜찮으십니까? 두 분."

이런 장면은 일반인에겐 충격이 클 수밖에 없다.

하지만 현성의 표정에서는 이 상황에서도 흔들림이라곤 전혀 찾아볼 수 없었다.

경상도 역시 현성과 같은 태도를 보였다면 형사반장은 스킬러의 정신 상태를 크게 의심했을 것이다.

상도는 말없이 제 입술을 질끈 깨물었다.

'녀석이 이 사실을 알면 더 슬퍼할 텐데. 휴우.'

이 충격적인 사실을 희연이 알게 되면 더욱더 슬퍼할 것이 몹시 우려되는 상도였다.

현성은 집 안 내부를 눈으로 훑었다.

형사들이 열어놓은 방문 안쪽은 평화로운 일상이 고스란히 간직되어 있었다.

그 일상의 뒤틀림은 오직 거실에서만 찾아볼 수 있다.

형사반장은 자신의 말을 씹어버린 두 사람의 태도에 기분이 상했지만 이를 표출하진 못했다.

지위와 역량의 차이 때문이다.

"상도, 나가자."

"예?"

"더 있어 봐야 형사분들 일하는 데 방해만 될 뿐이다."

"그래도… 음, 알겠습니다, 캡틴."

꺼림칙한 두 사람이 자발적으로 현장을 떠나겠다고 하자 형사반장의 얼굴에 화색이 감돌았다.

"반장님."

"아, 예."

"스킬러가 관계된 범죄 수사는 화랑단이 하게 됩니까?"

일반적인 사건은 종전처럼 검찰과 경찰의 몫이지만 스킬러가 관련된 사건은 화랑단이 전담한다.

이는 스킬러의 특수한 능력을 감안했기 때문이다.

스킬러에 대한 수사, 추격, 체포, 후송은 무장을 하더라도 평범한 사람이 하기엔 위험 요소가 지나치게 많으니까.

더욱이 이번 사건은 스킬러의 단점까지 극복한 스킬러 나이트가 저지른 범죄다.

모르긴 몰라도 이번 사건은 화랑단 입장에서도 꽤나 곤란한 사건이 될 것이다.

"저분의 증언이 사실이라면 그럴 겁니다."

스킬러와는 되도록 악연을 맺지 마라!

이 말이 속담처럼 세간에 퍼져 있다.

이는 달라진 스킬러의 사회적 위치와 위상, 그리고 그들의 신비한 능력에 언제든 해를 당할 수 있다는 두려움이 만연해 있기 때문이다.

"알겠습니다."

현성은 현장에서 나와 아연과 희연이 있는 병원으로 향했다.

"캡틴, 놈의 광검을 보진 못했지만 그 움직임은 평범한 스킬러의 것이 절대 아닙니다. 분명 스킬러 나이트입니다. 그리고 제 짐작으론 그쪽이 아닐까 싶습니다."

"그렇겠지."

"짐, 짐작하고 계셨습니까?"

"스킬러 나이트 훈련소에 입소한 스킬러 중 광검을 얻은 이는 없어. 교관인 상철 형님께 확인했으니까. 독학 중인 다른 스킬러가 광검을 얻었다? 이것도 말이 안 되지. 개인의 재능과 역량에 따라 완성 시기에 차이는 보일 수 있지만 그러기엔 수련 기간이 너무 짧아. 그러니 그들을 의심할 수밖에."

상도의 표정에선 현성을 향한 경외심이 깔리기 시작했다.

이 남자는 전투에만 탁월한 감각이 있는 게 아니다. 논리적이고 냉철한 머리도 갖추고 있다.

대체 어디서 저런 완벽한 남자가 만들어졌을까? 경탄하고, 또 경탄하는 경상도다.

"놈들이 왜 일반인을 노렸을까요?"

"놈들이 아니야."

"어째서?"

"놈은 허술하고 감정적이었으니까."

"하긴 도주도 필요 없이 현장에서 바로 공간 이동 했을 테니. 그럼 단독 범행이겠군요. 그런데 화랑단이 이 일을 제대로 조사할 수 있을까요? 세상의 이목을 끌었던 캡틴과 절 하루아침에 평범한 일상으로 돌려보낸 자들인데."

상도는 우려의 표정으로 현성을 보았다.

팔이 안으로 굽듯 조직이 그 범인을 두둔하고 나선다면 다시 은둔자처럼 숨어 살아야만 한다.

소백산 은신처.

'…싫은데, 그 무료한 생활.'

그는 지금 무슨 생각을 하고 있을까? 저 두꺼운 무표정 아래 숨어 있는 현성의 본심이 이 순간 몹시 궁금한 경상도였다.

"저, 캡……."

"다 왔군."

두 사람을 태운 순찰차는 목적지인 병원 입구에서 멈추었다.

차량에서 내린 두 사람은 현관을 지나 로비에서 멈췄다.

약속이라도 한 듯.

"이 일은 희연이에게 비밀로 했으면 합니다."

"그녀를 진심으로 걱정하는군."

"식구잖습니까."

"식구라… 그렇군."

* * *

크리스마스이브.

몇 시간 전, 차기수 전 국장은 이웃들을 자신의 집으로 초대했다.

승희네, 선화네, 그리고 현성네도 초대받아 그곳에서 조촐한 크리스마스이브 파티를 열었다.

친구를 잃은 슬픔 때문인지, 아니면 승희 때문인지 희연은 파티에 참석하지 않았다.

친구의 죽음을 목격한 이후 그녀는 예전과 많이 달라져 있었다.

우선 일상이던 상도를 향한 잔소리가 사라졌고, 웃음과 취미 생활도 폐업한 상태였다.

그녀의 마음에 깃든 감정은 오로지 복수가 전부인 것 같았다.

온 세상은 이틀 전부터 내린 눈으로 하얗게 덮여 있었다.

혜영과 그 가족의 죽음도 어느새 그 후로 열흘이 훌쩍 넘었다.

일가의 참변은 짐작한 대로 화랑단이 수사했다.

현성은 상철과 인경을 통해서 수사 상황을 전달받을 수 있었다.

수사엔 이렇다 할 진척이 없었다.

수사를 하는 것인지, 아니면 시늉만 하는 것인지는 알 수 없다.

'특구라…….'

범인이 국외로 떠나지 않았다면 놈이 있을 곳은 이 땅에 단 한 곳뿐이다.

특구는 대한민국 국적을 재취득한 스킬러와 그 가족들이 모여 사는 곳이다.

그곳에 사는 주민 모두가 외국 원수, 혹은 외교 사절에게나 인정되는 특권을 누린다.

이는 특구민의 강력한 요구를 최근 정부가 수용했기 때문이다.

정부의 이 같은 결단은 국외로 떠났던 스킬러들을 대거 불러들이는 계기로 작용했다.

연이은 그들의 귀국이 누군가의 치밀한 계획하에 준비된 수순이 아니었을까?

한때 인터넷에 떠돌다가 통신법 위반으로 모조리 사라진 음모론.

점차 그쪽으로 마음의 추가 기우는 현성이다.

'빈대 잡으려다 초가삼간 태울 수 있음이다.'

이리저리 뒤척이던 현성은 기분 전환을 위해 옥상으로 올라갔다.

세상은 두꺼운 솜이불을 덮고 있다.

삼 일 내내 내린 굵은 눈발도 이젠 지쳤는지 자취를 감추었다.

내일을 위한 안식에 접어든 주택가와 달리 저 멀리 시내는 화려한 불야성을 이루고 있다.

이 지역 주민들만이 누릴 수 있는, 선택된 자들만의 특권이다.

뒤통수로 인기척이 느껴진다.

발소리는 가볍고 숨소리는 길고 나직하다.

'희연이?'

서서히 현성이 몸을 돌려세웠다.

이 깊은 밤, 잠들지 못한 이는 비단 현성뿐만이 아니었다.

물을 마시기 위해 주방으로 가다가 반쯤 열린 현성의 방문을 보게 된 희연은 위에서 느껴지는 한기를 감지했다.

옥상과 통하는 문가에서 그녀는 한기가 조금씩 녹아들고 있음을 느낄 수 있었다.

누군가 이 문을 열고 밖으로 나간 것이다.

그리고 그 누군가는 제 방에 없는 사람일 테고, 그녀의 추측은 맞아 떨어졌다.

"캡틴."

"안 자고 왜?"

소녀의 표정 깊은 곳은 어둡고 혼탁했고 두 눈은 상처받은 맹수처럼 여전히 으르렁거리고 있었다.

눈앞에서 친구를 잃은 자의 비분과 상실감이 낳은 거칠고 메마른 감정이다.

저 감정 아래에는 짓궂고 발랄한 십 대 소녀의 감성이 예쁜 꽃밭처럼 깔려 있다.

이를 알기에 지금의 소녀가 흘리는 음울하고 무거운 감정이 안쓰럽고 안타깝다.

"캡틴은 알고 있지? 혜영일 죽인 그 자식에 대해서."

"무슨 뜻으로 묻는 거냐."

"상도 아저씨에게 들었어. 아저씨 탓하지 마, 내가 강요했으니까."

희연이 뜬금없이 상도를 추궁하진 않았을 것이다.

분명 그녀를 위로한답시고 이런저런 말을 하다가 아마 말 실수를 했으리라.

일이 그렇게 되었더라도 상도를 탓할 마음은 현성에게 조금도 없었다.

"모른다."

냉담한 그의 한마디에 희연은 슬픈 듯했고, 화가 난 듯도 했다.

요즘 들어 그녀는 자신의 감정이 두렵고 낯설었다.

이러다간 자신이 더 이상 자신이 아닌 자가 되지나 않을까 덜컥 겁이 나기도 했다.

그녀는 자신이 살기 위해서라도 어떤 식으로든 행동하지 않으면 안 될 것 같다는 강박관념에 빠져 있었다.

"나, 나… 혜영이가 매일 밤 보여. 나보고 도와달래. 춥고 무섭대. 억울하고 분하대. 내 착각일지도 몰라. 어쩌면 내가 너무 미련해서, 바보 같아서 그녈 떨치지 못해 이런 망상까지 하는 건지도 몰라. 하지만 그녀를 위해 뭔가 하지 않으면 내가… 나 자신을 용서할 수 없을 것 같아. 그러니까… 도와줘."

희연은 자신이 아닌 타인 앞에서 처음으로 울었다. 혐오하던 약한 모습을 숨기지 않고 고스란히 내보였다.

'죄책감인가? 왜?'

선한 자들이 가지는 일반적인 감정이다.

그것의 다른 이름은 양심.

하지만 그녀의 양심이 왜 아파한단 말인가? 현성은 이해할 수 없었다.

그런데 희연의 상태가 생각보다 심각하다.

"그건 그 아이의 운명이었다. 네 잘못은 없어."

신경질적으로 눈물을 훔친 희연은 이내 고개를 푹 숙였다.

"나, 나… 그녀가 죽기 전에 구할 수 있었어. 내 직감을 믿고 재빨리 움직였다면… 혜영이를 구할 수 있었다고!"

현성은 그녀의 내부가 허물어지는 것을 볼 수 있었다.

기다림이, 시간이 그녀를 치유할 것이라 믿었다. 자신이 그러했던 것처럼 그녀도 그러할 것이라 믿었던 게 실수였음을 현성은 그제야 깨달았다.

사람의 감성과 생각이 모두 같지 않음을 왜 미처 헤아리지 못했을까.

식구라고 여겼으면서, 가족이라고 생각했으면서.

확실하고 분명한 어조로 현성은 단호하게 말했다.

"그건 네 잘못이 아니다."

"아냐, 내 잘못이야. 내가… 방심하고 자만했기 때문이야. 나, 힘이 있다는 게 자랑스러웠어. 그리고 그런 나 자신을 맹신했어. 오만한 그 생각이 혜영일 죽게 한 거야. 캡틴의 가르침을 받고도, 캡틴의 주의를 항상 들으면서도 그걸 잊은 거야."

현성은 희연의 양어깨를 힘주어 잡았다.

흔들리지 않기를 바라면서.

"사람에겐 한계가 있다. 실수가 있다. 그것은 그냥 사고였을 뿐이다. 정신 차려, 유희연!"

"캡틴은 그런 거 안 하잖아! 나처럼 그런 바보 같은 실수 따위 하지 않잖아!"

"나도 실수를 통해서 배웠다. 그 경험이 너와 나의 차이를 만들었을 뿐이야."

고개를 발딱 세운 희연은 흠뻑 젖은 눈으로 현성을 뚫어지게 응시했다.

"나, 만회하고 싶어. 꼭 그러고 싶어. 말해줘. 캡틴이 아는 거, 내가 알고 싶은 걸 말해줘!"

희연은 지금 활활 타오르는 불꽃이다.

그 불꽃에 기름을 끼얹으면 그녀뿐만 아니라 주변까지 태워 버릴 수도 있다.

소녀의 감정은 지금 넘지 말아야 할 그 선을 넘어서려 한다.

"나도 모른다."

이제껏 내색은 하지 않았지만 희연에게 현성은 신봉의 대상이었다.

그 믿음은 항상 그녀가 숨 쉴 수 있는 여유와 평안을 선물해 주었다.

그런데 그의 도움을 간절히 바라는 이때 야속하게도 그 등대는 고개를 돌렸다.

현성의 단호한 부정은 그녀의 가슴에 이처럼 와 닿고 있었다.

"알았어. 내가… 내가 알아서 할 거야!"

휘익.

희연이 옥상 난간을 밟곤 어둠 속으로 뛰어들었다.

그녀의 신형은 이웃집 옥상을 징검다리 삼아 현성의 눈앞에서 멀어지고 있었다.

현성이 그녀의 뒤를 좇으려 할 때였다.

이때를 기다렸다는 듯이 핸드폰이 진동한다.

핸드폰 화면에 뜬 이름…

유오찬

* * *

화려한 네온사인 사이로 사람들의 행렬이 이어진다.

크리스마스이브의 밤은 깊었지만 상가와 도로는 여전히 사람과 차량의 행렬로 붐빈다.

최우선 지역에서나 볼 수 있는 풍경이다.

한 무리의 남녀가 시시덕거리며 길을 전세 낸 듯 걷고 있었다.

그들의 연령대는 이십 대 초반에서 중반.

모두의 혈색은 취기로 불콰하다.

명품으로 도배한 남녀.

개인의 능력이 아닌 가족의 배경으로 최우선 지역에 거주권을 얻은 자들이다.

투욱.

“앗! 뭐야?”

남자의 팔에 몸을 바짝 밀착하고 걷던 여성이 후드를 눌러쓴 운동복 차림으로 고개를 푹 숙인 채 걷고 있던 소녀와 부딪쳤다.

가벼운 사과 한마디면 해결될 가벼운 접촉 사고다.

“이 계집애가… 사람을 쳤으면 사과부터 해야 하잖아!”

여자의 태도와 말투는 상대를 깔아뭉개려는 기색이 완연했다.

일행을 믿는 것인지, 아니면 제 배경을 믿는 것인지는 알

수 없지만 적어도 고개조차 들지 못하고 있는 운동복 차림의 소녀보다는 자신이 월등히 높은 수준의 사람이라 여기는 듯했다.

최우선 방호 지역의 운영을 위해 이 도시에서는 일반 지역에서 사람들을 고용하여 모두가 꺼리는 힘들고 어렵고 위험한 일을 맡겼다.

이러한 일에 종사하는 자들은 특별한 경우 가족 중 한 명을 초청할 수 있었다.

까다롭긴 하지만.

여자는 소녀가 그러한 경우라고 생각하고 있었다.

"어쭈, 잘했다는 거야? 오빠, 이 기집애 좀 혼내줘."

"그냥 가자. 꼬라지 보니까 하등 지역 주민 같은데 이곳의 화려함에 주눅 들어 그런가 보다."

"뭐야? 지금 저 기집애 편드는 거야?"

"내가 언제?"

여자는 제 편을 들어주지 않는 남자 친구를 닦달했다.

여자 친구와의 말싸움이 길어져 봐야 좋을 게 없다고 판단한 남자는 그녀를 달랜 뒤 인상을 험악하게 그리며 소녀 앞에 섰다.

남자의 여자 친구와 일행은 흥미로운 눈으로 이제부터 벌어질 일을 기다렸다.

주변 행인들도 거리 공연을 구경하듯 걸음을 멈춘 채 상황만 지켜보았다.

누구 하나 소녀를 위해 나서지 않았다.

이들에게 이 상황은 일상의 가벼운 유흥거리에 불과했다.

"야, 고개 들어봐."

남자가 소녀의 어깨를 툭툭 밀었다.

나서긴 했지만 막상 어려 보이는 여자애를 때린다는 게 내심 내키지 않았다.

그래서 남자는 적당히 하고 보내줄 심산이었다.

하지만 밀쳐지면서도 끝까지 고개를 들어 사과하지 않는 소녀의 고집과 모여든 사람들의 시선을 의식하자 처음 먹었던 그 마음은 점차 사라지기 시작했다.

사람들의 기대에 보답해 줘야 할 것 같은 삐뚤어진 사명감.

남자의 손바닥이 소녀의 머리통을 향해 도끼처럼 내리꽂혔다.

욕을 듣고, 밀쳐지고, 웃음거리가 되어도 고개 한 번 들지 않던 소녀가 이번 공격에는 반응했다.

휙.

남자의 손이 허공을 가른다.

남자는 이 상황이 민망하고 수치스러웠다.

적당히 하려던 마음이 여기서 더욱 사라졌다.

"어쭈, 피해? 이 망할 계집애가."

'이번엔 제대로 하겠다!' 라고 작심한 남자가 소녀를 향해 달려들었다.

휘익.

소녀의 몸이 떠오른다. 아니, 도약한다.

남자의 어깨를 찍듯이 밟는다.

이 힘을 추진력 삼은 것인지 소녀의 몸은 무려 삼 미터를 더 올라간 뒤 우아한 자태로 후방 공중제비를 하여 깃털처럼 가볍게 착지했다.

평범한 인간은 절대 할 수 없는 놀라운 기술이다.

평범하지 않다는 것은!

"스, 스킬러다!"

"저 남자, 제대로 지뢰 밟았구나!"

"더 재밌어지겠는데."

일방적인 구타를 보는 건 곧 싫증을 느끼게 한다.

하지만 대등한, 혹은 역전을 보이는 상황은 흥미를 돋운다.

소녀와 남자의 상황은 후자의 경우에서 출발했다.

그 때문인지 행인들이 더욱더 모여들어 주변은 인파로 콜로세움 경기장이 만들어졌다.

후드를 눌러쓴 소녀는 여전히 그 고개를 들지 않고 있었다.

"시, 시팔, 네가 스킬러라고 내가 겁먹을 줄 알아? 우리 집 안엔 스킬러가 무려 세 명이야!"

남자는 제 배경을 팔아먹는다.

그러다 일행 중 한 명이 스킬러인 것을 떠올린 남자는 희색이 만면한 표정으로 소리쳤다.

"승진 형!"

여자 둘을 양팔에 끼고 있던 남자가 이 호출에 비틀걸음으로 걸어 나왔다.

놀랍게도 그는 바른 생활 사나이 유승진이었다.

얼마 전 승진은 차민연에게 확실한 퇴짜를 맞았다.

현성과 민연이 가까워지는 데 불안감을 느낀 나머지 그만 성급하게 고백한 결과였다.

그때부터 민연은 단호한 태도로 승진을 회피했다.

그럴 때마다 승진의 상처에 상처가 덧씌워졌다.

공허하고 쓸쓸한 마음을 채울 요량으로 그는 주말마다 평소 멀리했던 부류의 인물들과 어울려 다니기 시작했다.

끝은 언제나 몸서리쳐지게 허무했지만 적어도 그들과 어울려 즐기는 그 시간만큼은 실연의 쓰린 상처를 잊을 수 있었다.

희연이 상실감의 성장통을 겪고 있다면 승진은 지금 실연의 성장통을 겪고 있었다.

"왜 여기서 노닥거려? 사 차 안 가고. 히끅."

"아, 글쎄, 저년이 길을 막고 시비 트지 뭡니까?"

"시비? 감히 이 유승진 님 일행에게 그랬단 말이지."

"맞아요. 형에게 시비 튼 겁니다."

취기와 분노가 승진의 두 눈동자에서 서로 얽혀 혼돈의 불꽃을 만들었다.

그것은 극단적인 감정의 표출이었다.

"야! 거기 쪼그만 계집애, 너 이리 와봐."

내내 고개 한 번 들지 않던 소녀가 처음으로 그 무거운 고개를 들었다.

그러곤 덤을 주듯 눌러쓴 후드까지 벗어주었다.

무표정한 소녀의 얼굴을 승진은 몇 차례나 제 눈을 비벼가며 확인했다.

"너… 희연이?"

"이중인격자였군, 당신이란 사람."

희연의 차가운 말투는 날이 선 비수가 되어 승진의 가슴에 푹 박혔다.

자신이 왜 이렇게 되었는가? 자신은 그저 해바라기 사랑을 했을 뿐이다.

언젠가, 아니, 이루어지지 못하더라도 자신의 진심이 한 번은 민연의 마음에 전해져 아름답게 간직되기를 바란 게 전부였다.

처음엔 욕심 없이 순수한 그런 마음이었다.

질투에 그 마음이 훼손되기 전까지는.

"크크크, 그래… 네 말이 맞다. 나, 이중인격자다. 그래서 뭐? 뭐 어쩌라고! 썅!"

희연은 승진의 모습에서 상처받은 짐승의 두려움을 보았다.

가시를 잔뜩 돋운 채 웅크린 그의 모습이 왠지 자신과 닮았다는 생각이 들었다.

식구들에게 자신 역시 저런 모습으로 비쳤을까? 가장 사랑하는 사람을 자신은 저 가시로 찔렀던 것일까.

소녀의 머릿속에 이 순간 거대한 종이 울려 퍼진다.

그 진동은 온몸의 세포 하나하나를 용서치 않고 두드려 팼다.

부르르.

신고를 받은 경찰들이 군중을 해산시켰다.

취객과 경찰들 사이에서 실랑이와 소란이 일었다.

사람들이 흩어진다.

희연은 흩어지는 인파 속에 몸을 실었다.

그리고 이내 횡단보도 앞에 멈추었다.

끼이이익.

검은색 승용차 한 대가 희연 앞에 멈추어 섰다.

조수석에 앉은 검은 선글라스의 남자가 사진 하나를 희연의 눈앞에 내밀었다.

물기로 뿌옇게 흐려졌던 소녀의 연약해진 눈빛은 이 사진 하나로 순식간에 돌변했다.

"당신들… 누구야!"

"산타클로스."

*　*　*

―메리 크리스마스, 현성 군. 후후.

발신자의 목소리엔 여유와 반가움이 담겨 있다.

반면 수신자의 태도는 갑옷처럼 단단하고 바위처럼 무겁다.

―인류를 희생과 사랑으로 구원한 성인의 탄생일인데 용서와 화해는 아니더라도 최소 인사 정도는 받아주는 게 좋잖아.

"용무는?"

들어도 그만, 안 들어도 상관없다는 뉘앙스가 짙은 현성의 대꾸에 핸드폰 너머 오찬의 목소리가 잠시 불만에 차 툴툴거렸다.

—지나치게 사무적이군. 뭐, 그 모습이 현성 군답긴 하지만서도. 그래, 내 선물은 흡족한가? 전화를 한다 한다 생각은 했지만 일이 바빠서 통 확인을 못 했군. 후후.

현성의 날카로운 검미 끝이 칼끝처럼 우뚝 선다.

병 주고 약 주는 자의 배배 꼬인 심보에 감사할 바보 멍청이는 없다.

현성은 바보도, 멍청이도 아니기에 오찬의 선물 따위에 조금도 감사할 리 없었다.

감사의 마음은커녕 도리어 놈에게 받을 빚만 산더미다.

놈이 무언가를 기다리듯 현성 역시 타이밍을 노리고 있었다.

이빨과 발톱을 숨기고 서로를 노려보는 채 휴전 중인 사이랄까?

"쓸데없는 통화군."

현성이 전화를 끊을 기미를 보이자 오찬의 목소리가 빨라졌다.

—성인의 탄생을 축하하는 의미로 내 조그마한 선물을 준비했지. 지금쯤 배달됐을 텐데. 궁금하지 않나? 물론 네 선물은 아니야. 상처받고 방황하는 소녀에게 주는 선물이야.

현성의 엄지는 통화 종료 버튼 위에서 힘을 잃고 후퇴한다.

상처받고 방황하는 소녀는 희연을 말함이다.
"도발인가? 유오찬."
—말했지 않나? 선물이라고.
"그녀는 어딨지?"
—기뻐하는 소녀의 모습을 보고 싶은 거로군. 그렇게 보고 싶다면 말하지 그랬나. 후후, 차를 보내지. 그럼 자네 식구의 기뻐하는 모습을 즐겁게 감상하라고.
뚜우우우.
오찬이 전화를 끊자마자 기다렸다는 듯이 자가용 한 대가 현성의 집 대문 앞에 달려와 멈췄다.
조수석에서 내린 남자가 뒷좌석 문을 연 뒤 현성이 서 있는 옥상을 가만히 응시한다.
휘익.
현성은 주저 없이 옥상에서 몸을 날렸다.
"안내하란 명령을 받았습니다."
탁.
현성이 차량에 탑승하자 문을 닫은 남자는 곧장 조수석에 올라탔다.
부우우웅.

* * *

네트가 치워진 테니스 경기장.

조명 하나만이 주변을 어슴푸레 밝히고 있다.

적막한 이곳으로 누군가 걸어 들어온다.

인영은 혜영과 그녀의 가족을 잔인하게 살해한 최동석이었다.

동석은 상부의 지시를 받고 이곳에 불려 나왔다.

'이 새벽에 왜 불러냈지?'

동석은 불안한 표정으로 주변을 두리번거렸다.

혹시 일반 지역에서 자행한 사건을 조직이 문제 삼은 것일까? 녀석은 곧 이 생각을 강하게 부정했다.

그럴 의향이 있었다면 문책은 진작 떨어졌어야 했다.

녀석은 내심 별일 아닐 것이라 자위하며 주변을 다시 한 번 꼼꼼히 살폈다.

그때였다.

시각이 아닌 청각이 누군가의 발소리를 감지한 것은.

흠칫!

안력을 돋운 동석은 인기척이 들린 방향을 뚫어지게 노려보았다.

조명이 미치지 않는 외곽 지대에서 가녀린 체구의 인영이 걸어 나오고 있었다.

자박자박.
눈이 다져지는 그 소리가 동석의 신경을 자극했다.
"누구냐?"
동석은 기분이 나빠졌다.
뭔가 불길한 일이 자신을 덮칠 것 같단 느낌을 녀석은 지우지 못했다.
조명의 영향력 안으로 가녀린 체구의 인영이 한 발 들어선다.
발, 정강이, 무릎, 허벅지, 골반, 허리, 상체, 그리고 얼굴!
차갑게 굳어 있는 소녀의 얼굴이 동석은 눈에 익었다.
곧 녀석은 소녀가 누군지 기억해 냈다.
"넌 그때 그년?"
동석은 재빨리 소녀 주변을 살폈다.
야산에서 보았던 왜소한 체구의 남자가 저 소녀와 함께 온 것이 아닐까? 하는 생각에서였다.
다행히 그 남자는 보이지 않았다.
긴장된 마음이 그제야 가라앉는 동석이다.
"반가운 선물이군."
원독이 가득 담긴 서늘한 음성이 소녀의 입, 아니, 희연의 입에서 하얀 입김과 함께 흘러나왔다.
"뭐? 무슨 소리……!"

상부에서 왜 이곳으로 가라 했는지 동석은 그제야 깨달았다.

이건 조직이 자신에게 내린 선물이다.

"크크크, 유치한 방식의 선물 전달이군."

남녀에게 주어진 선물은 하나다.

강한 쪽이 그 선물을 가진다.

그것은 상대방의 목숨.

동석이 몸을 풀었다, 조직이 베푼 선물을 기꺼이 접수할 요량으로.

반면 희연은 조용히 동석만 노려볼 뿐이다.

"네년만 아니었으면 그년도 며칠은 더 살았을 텐데. 너의 쓸데없는 정의감이 그년의 목숨을 재촉한 거 알아?"

"혜영일 왜 죽였지? 그리고 그녀의 가족은 또 왜 죽였고?"

희연의 감정이 거칠게 기복한다.

그러나 그 감정은 곧 놀랍도록 빠르게 가라앉는다.

사냥에 나선 맹수는 흥분하는 법이 없다. 왠지 알아? 그건 사냥감에게 달아날 기회, 반격할 기회를 주기 때문이야.

현성의 가르침이 그녀의 뼛속 깊이까지 아로새겨져 있기 때문이다.

냉정함을 견지하는 희연과 달리 동석은 상대가 계집아이 하나뿐이라는 사실에 안도하며 거들먹거렸다.

여자 따위가 강해 봐야 얼마나 강하겠냐는 편견에 사로잡혀서.

“징징거리지 않겠다고 약속하면 가르쳐 주지. 크크크.”

“원한다면… 약속하지.”

“킥킥킥, 세게 나오네. 학교 다닐 때 좀 놀았나 봐. 그래, 너 같은 년들을 난 잘 알지. 이놈 저놈에게 붙어 다니면서 그게 권력인 양 휘두르는 더러운 걸레. 넌 얼마나 더럽혀졌을까? 아, 그 전에 약속에 대한 대가를 지불해야지. 왜 그들을 죽였냐고? 해충과 혈족이니까 죽였어. 이제 답은 됐지? 걸레.”

휘익.

동석이 희연을 향해 달려들었다.

스킬러 나이트답게 녀석은 일반적인 상식을 파괴하는 압도적인 스피드를 보여주었다.

스슷.

희연은 미끄러지듯 동석의 정면으로 파고들며 상체를 숙였다.

동석은 제 주먹을 뻗기도 전에 아래에서 위로 올라오는 희연의 단단한 수근골—손목과 이어진 손바닥—에 턱을 얻어

맞았다.

목이 뒤로 확 꺾이면서 녀석의 몸이 뒤로 날아올랐다.

희연의 공격은 대담성과 냉정한 판단, 그리고 정확한 계산 없이는 결코 할 수 없는 것이었다.

아직 허공에 떠 있는 동석의 옆구리를 희연의 다리가 밀어 찍는다.

퍼억!

"크으으윽!"

오륙 미터를 나가떨어진 동석은 반쯤 정신이 나가 있었다.

녀석은 이 상황을 납득할 수 없었다.

'이, 이건 꿈이야!'

희연이 동석을 향해 돌진했다.

걷어차 올리는 희연의 공격을 간신히 막아낸 동석은 스킬러 능력을 발휘했다.

녀석의 능력은 최면!

지이이잉.

희연의 의식은 거미줄에 걸린 나비가 되었다.

손끝 하나 까딱하지 못하는 무방비 상태가 된 것이다.

"걸, 걸레 년이 감히… 감히. 헉헉헉."

통증만큼이나 치밀어 오르는 분노에 휩싸인 동석은 사력을 다해 몸을 일으켜 세웠다.

"흐흐흐, 저항조차 못 하고 얻어터지는 비참한 기분을 만끽하게 해주마. 으야야야얍!"

육체의 통제력을 상실한 희연은 동석의 공격에 고스란히 노출됐다.

하지만 희연도 스킬러다.

'관통!'

동석의 주먹이 희연을 꿰뚫는다.

그러나 느낌이 없다.

허공에 노를 저은 느낌이다.

깜짝 놀란 동석은 손발을 부지런히 놀리며 희연을 공격했다.

"헉헉헉… 어, 어떻… 관통 능력인가?"

주춤.

동석은 재빨리 희연에게서 멀어졌다.

상대와 자신은 스킬러 능력이 횟수가 아닌 지속으로 발휘된다.

먼저 능력을 사용한 자신보다 상대는 10초에서 15초의 우위를 점하고 있다.

'저 계집이 스킬러란 걸 간과했어!'

시간이 흘러 동석의 최면이 희연의 몸에서 사라졌다.

몸을 움직일 수 있게 된 희연은 자신의 능력 유지 시간을 놈이 지켜보는 가운데 낭비했다.

"덤벼, 찌질한 새끼."

희연이 이를 바드득 갈며 검지를 까딱였다.

동석의 자존심이 여지없이 무너진다.

하지만 녀석은 천성적으로 겁이 많은 부류였다.

혹시 모를 위험을 대비해 동석은 권총을 챙겨왔다.

"미친년, 기고만장했구나. 하지만 그게 네 실수야!"

권총을 빼 든 동석이 희연을 겨눈다, 희색만면한 모습으로.

희연은 이에 아랑곳하지 않았다.

오히려 입가에 비웃음을 날리며 동석을 조소했다.

이에 격분한 동석이 거침없이 방아쇠를 당겼다.

타앙!

상대를 단숨에 죽이자니 앞서 당한 일이 분했다.

그래서 녀석은 상대의 움직임을 봉쇄할 목적으로 희연의 다리에다 총을 쐈다.

팅!

총알은 희연의 다리를 부수지 못했다.

금빛의 보호막이 희연의 다리를 보호하고 있었기 때문이다.

"헉, 그것은… 금광검!"

동석은 상대가 자신보다 상위의 스킬러 나이트라는 사실에 큰 충격을 받았다.

찬란한 금빛이 어둠을 몰아내고 희연의 몸을 감싸며 신비감을 연출했다.

주춤주춤.

"이익! 죽어!"

탕탕탕탕탕!

팅팅팅팅팅!

철컥철컥!

자박자박.

동석은 빈 총을 자신을 향해 걸어오는 희연에게 냅다 던졌다.

날아오는 총을 금빛이 가른다.

서걱, 툭툭.

"괴, 괴물 같은 년!"

슈아아아앙!

동석 역시 광검을 발출했다. 녀석의 광검색은 은빛.

"혜영일 찌른 그 팔을 벌하겠다!"

희연이 소리치며 동석을 향해 달려들었다.

금광검과 은광검이 부딪친다.

광검의 접촉면에서 시퍼런 불똥이 사방으로 튀어 나갔다.

동석의 은광검이 진저리치며 그 빛을 잠시 흐리더니 다시 밝아졌다.

희연의 금광검이 녀석의 은광검을 단숨에 깨부수지 못한 것이다.

"으아아아아!"

동석이 두서없이 은광검을 휘둘렀다.

겁먹은 아이가 아무렇게나 휘두르는 검식이다.

여기에 당할 희연이 아니다.

희연은 동석이 휘두르는 일초를 받아쳤다.

그럴 때마다 동석의 은광검이 깜빡거린다.

압도적인 힘과 평정심.

이 두 가지 무기를 지닌 희연 앞에서 동석은 힘없는 사냥감에 불과했다.

서걱!

"크아아아아아아—악!"

앞서 예고한 대로 희연이 동석의 팔을 잘랐다.

동석의 팔꿈치 아래가 저만치 날아간다.

그 손에 쥐어진 은광검도 힘을 잃고 사라졌다.

상처 난 팔을 움켜쥔 동석은 그대로 주저앉았다.

"으으으으… 사, 살려줘. 내가 잘못했어! 이건 전부 그 개새끼 탓이야. 난 아무 잘못이 없어!"

* * *

"그, 금광검! 저 여자아이가 금광의 스킬러 나이트였다니!"

테니스장 내 중계석.

이곳에서 남녀의 대결을 지켜보던 자들이 깜짝 놀라 자리에서 벌떡 일어섰다.

사실 광검은 5단계로 나뉘어 있긴 하지만 그 우열을 가릴 수 없다.

그럼에도 굳이 단계를 나누어놓은 것은 광검의 지속 시간과 강도의 차이 때문이다.

개인의 의지로 인해서 광검의 지속 시간은 연장, 혹은 단축될 수 있다.

그 말은 하위 단계의 스킬러 나이트도 얼마든지 상위의 스킬러 나이트를 이길 수 있음을 의미한다.

물론 한 단계 이상 격차가 벌어지면 파검의 우려가 크지만 이 남녀의 격차는 한 단계였다.

평소 검술 훈련을 잘 받아왔고 침착하게 대처했다면 남녀의 위치는 바뀌었을 것이다.

"촬영은 잘하고 있지?"

"그래, 그나저나 정말… 놀랍군. 저 여자아이가 지부장님과 동급의 스킬러 나이트라니!"

남자의 얼굴엔 놀라움이 피어오르고 있었다.

촬영 상태를 재차 확인하던 이들에게로 무전 연락이 왔다.

기다리던 손님이 도착했다는 내용이었다.

* * *

희연의 금광검이 동석의 이마를 겨냥하고 있다.

금광검이 호선을 그리며 동석의 나머지 팔을 잘라낸다.

서걱.

"크아아아아아악!"

희연은 무표정했다.

차갑고 냉담했다.

발자국으로 어지럽혀진 눈밭이 뜨거운 핏물에 녹아 허연 김을 풀풀 날린다.

양팔을 잃은 동석은 스킬러 나이트로서 결격자가 되고 말았다.

검을 쥘 손을 잃은 검객이 어찌 검객일 수 있으랴.

녀석은 예전의 힘없는 왕따 시절로 다시 회귀하고 말았다.

죄 없는 제 어머니에게 못된 성깔만 부리던 철없던 그때로 돌아갔다.

하지만 더 이상 그에겐 그 성깔을 받아줄 어머니가 없었다.

"흑흑흑."

고통의 눈물이 두려움에 젖은 놈의 얼굴에서 후드득 떨어진다.

저벅저벅.

테니스장 안으로 한 사내가 들어섰다.

선우현성이다.

"사, 살려줘. 살려주세요!"

동석은 상대의 얼굴도, 신분도 확인하지 않은 채 고래고래 소리쳤다.

현성은 놈을 쳐다보지도 않았다. 없는 인간 취급이었다.

그리고 희연을 향해 곧장 걸어갔다.

"캐, 캡틴……."

복수의 일념으로 절대 깨어질 것 같지 않았던 희연의 포커페이스는 현성을 일별한 순간 얇은 와인 잔처럼 깨어졌다.

스스스스.

희연의 손에 쥐어진 금광검이 이 순간 찬란한 그 빛을 잃고 소멸했다.

그녀의 의지가 무너졌기 때문이다.

"저 녀석이냐?"

끄덕끄덕.

그제야 현성이 동석을 응시한다.

'저 녀석은?'

조등을 구매해 갔던 얌전하고 예의 바른 아주머니의 아들이다.

스킬러 능력으로 살인을 저지른 녀석은 상철과 인경에게 체포되어 미궁—스킬러 감금 시설—에 갇혔다.

한때 인터넷에 이런 소문이 떠돈 적이 있었다.

미궁에 수감된 자들이 탈출했다는 내용이었다.

불안감이 전국적으로 확산했다.

예나 지금이나 멀리 있는 법보다 무서운 건 가까이 있는 폭력이 아닌가.

초반 안일하게 대응했던 정부는 소문의 파급력에 놀라 부랴부랴 진화에 나섰다.

스킬러들의 파옥 도주를 전면 부인한 것이다.

정부의 발표가 나오자 사람들도 점점 그것을 사실로 받아들이기 시작했다.

탈옥한 스킬러가 일으킨 범죄의 피해자가 단 한 명도 나오지 않았기 때문이다.

그렇게 한때의 소문은 연기처럼 사라졌다.

한데 정부의 발표가 거짓임을 증명하는 증거가 버젓이 눈앞에 있다.

미궁에 수감되었던 최동석!

정부에 대한 현성의 신뢰도는 또다시 바닥을 파고 들어

간다.

정부를 움직이는 정부!

음모론자들이 자주 언급하는 그 얘기가 어쩜 사실일지도.

"다, 당신은!"

동석도 현성을 알아보았다.

녀석에게 현성은 하늘이 내려주신 구원의 동아줄이었다.

악랄하고 잔인한 마녀로부터 벗어나게 해줄 단 하나뿐인 생명줄.

"캡틴, 저 자식 아는 사람이야?"

두 사람의 관계를 오해한 희연은 불안과 걱정을 드러냈다.

이번 사태로 현성과 영영 결별할지도 모른다는 생각이 들었다.

하지만 그녀의 걱정은 한낱 기우로 그쳤다.

"내가 아는 사람은 너뿐이다."

희연은 안도했다.

그러나 그것은 잠시의 안도에 지나지 않았다.

자신이 저지른 짓 때문이었다.

아무리 상대가 밉고 원망스러워도 제정신 가진 사람으로서는 절대 할 수 없는 끔찍한 짓을 해버렸다.

모르긴 몰라도 현성이 이보다 더 늦게 도착했다면 어쩜 지금보다 더한 짓을 자신은 하고 있었으리라.

스스로에 대한 두려움과 현성이 가질지도 모르는 반감.

이를 지레짐작한 희연은 혼란스럽고 또 혼란스러웠다.

"나, 괴물 같지? 사람의 팔을 저렇게 가차 없이 잘라 버리고도… 두렵다거나 저치가 불쌍하다거나 이런 생각이 전혀 들지 않아. 이런 내가 끔찍해 보이지?"

희연은 그가 손을 내밀어 흔들리는 자신을 잡아주길 마음속으로 간절히 염원했다.

현성은 희연의 그 바람을, 염원을 외면하지 않았다.

코트를 벗은 현성은 떨고 있는 희연의 몸을 코트와 팔로 단단히 감싸주었다.

불안감에 부서지던 희연의 마음은 그제야 안정을 되찾았다.

"네가 무엇을 하든 난 네 편이다. 그것만 기억해."

"캐… 캡틴, 으아앙앙앙!"

남녀의 모습을 지켜본 동석은 자신이 잔인하게 살해당하는 환상을 보았다.

걷잡을 수 없는 두려움이 치솟았다.

잘려나간 양팔이 몹시 아팠다.

아파서 미칠 것만 같았다.

고통이 심하면 기절한다는데, 말짱 거짓말이다.

정신과 육체는 오히려 더 예민해지고 뚜렷해졌다.

살고 싶다, 평생을 불구로 살더라도!

"으아아아아아—!"

비명을 내지르며 동석은 미친 듯이 뛰었다.

출입구가 녀석의 두 눈에 점점 크게 들어온다.

저기만 가면 반드시 살 수 있을 것 같았다.

자신을 괴롭혔던 잔인한 마녀도, 그 마녀를 용서한 인류의 배신자도 더는 자신을 쫓아올 수 없을 것만 같았다.

타—아앙!

동석은 희망의 땅에 다리 하나를 걸쳤다.

하지만 나머지 다리 하나는 여전히 공포의 대지에 머무르고 있었다.

절반의 희망, 절반의 절망… 놈은 그 속에서 무너져 내렸다.

'어… 엄마.'

녀석의 의식은 마지막 순간 제 어머니를 찾아 손을 내밀었다.

휘이이이잉.

12월, 성탄의 바람이 비참한 최후를 맞이한 동석의 식어가는 시신을 매만진다.

동석을 죽인 총알은 현성의 것도, 희연의 것도 아니었다.

어두운 관람석.

롱 코트를 휘날리며 서 있는 남자의 것이었다.

남자가 땅을 박차며 날아올랐다.

그러고는 경기장에 가볍게 착지했다.

현성이 몸으로 희연을 보호하며 저격수를 쳐다보았다.

그의 눈빛은 12월의 바람도 무색할 만큼 차갑고 단단했다.

말 없는 그를 향해 남자가 먼저 입을 열었다.

무심한 어조였다.

"오늘의 파티는 여기서 끝이야. 그럼 알아서 돌아가길."

남자는 죽은 동석의 발목을 잡더니 동석이 그토록 원하던 경기장 밖으로 질질 끌고 나갔다.

파앗!

경기장을 밝히던 유일한 조명은 남자의 퇴장과 함께 꺼져 버렸다.

제31장
커플 탄생

테니스 경기장에서 펼쳐진 어린 스킬러 나이트 간의 전투 장면이 촬영된 영상을 확인한 남자는 자리에서 일어나 창가로 걸어갔다.

햇살을 막았던 두꺼운 커튼이 남자에 의해 한쪽으로 좌악 걷혔다.

눈부신 햇살이 쏟아져 들어와 남자의 전신을 휘감았다.

영상을 뚫어져라 살펴보던 남자는 바로 유오찬이었다.

이 방 안엔 유오찬만 있는 것이 아니었다.

현성을 감시, 미행하던 김용수란 사내도 함께 있었다.

용수는 전날 최동수를 저격한 예의 그 남자이기도 했다.

"알면 알수록 놀랍군. 생각할수록 정말… 대단한 녀석이야!"

오찬의 입에서 진심 어린 감탄성이 흘러나왔다.

스킬러 최초로 본신의 능력을 발전시킨 자, 선우현성.

이 타이틀 하나만으로도 그는 오찬의 관심과 주목을 끌었다.

그런데 그 최초의 남자가 어린 계집아이까지 스킬러 나이트로 성장시켰다.

그럼 그의 집에 얹혀사는 다른 두 명은 어떨까? 바이오 증폭제가 아니고선 광검의 그림자도 밟지 못했을 열등한 경상도 역시 과거와 달라졌을까? 그럼 또 다른 소녀는? 이들의 능력을 확인하고 싶은 호기심이 유오찬의 마음속에서 풍랑처럼 일어났다.

"오찬 님, 어째서 부담을 지면서까지 그자를 두둔하시는 겁니까? 최고 위원회의 뜻을 거부한다면 오찬 님의 지부장 자리도 위태로울 수 있습니다. 지부장님이 조직에서 실각당하시면 이 땅은 중국과 일본에 복속될 겁니다."

눈부신 햇살 아래 펼쳐진 세상을 지그시 응시하던 오찬이 그 햇살을 천천히 등진다.

돌아선 오찬은 옅은 미소와 단호한 눈빛으로 또렷하게 말했다.

"그런 일은 없다, 절대."

"무슨?"

"위원회는 지금 수평을 이룬 저울이다. 작은 조약돌 하나에도 저울이 한쪽으로 기울 수 있지. 그들의 눈에 나나 이 땅은 과자 부스러기에 불과해. 기분 나쁘지만 그게 우리의 현실이다. 하지만 지금은 그 부스러기조차 함부로 할 수 없는 게 그들의 처지지. 그러니 네가 우려하는 그런 일은 일어날 수 없단 말이다."

침착한 오찬의 설명은 강한 설득력을 띄고 있었다.

사람은 저마다 살아가는 법이 있고 목적이 존재한다.

명예, 재물, 사랑, 권력, 의리, 정, 복수 등등.

이처럼 추구하는 것은 달라도 목적을 향해 나아가는 태도와 마음은 같을 수밖에 없다.

오찬 역시 바라는 것이 있었다.

휘둘리지 않고, 휘두르는 사람이 되는 것이었다.

이를 위해 오찬은 주어진 임무에 최선과 성심을 다해 임해왔다.

개처럼 노력한 결과 오찬은 지도부로부터 대한민국 지부장으로 임명됐다.

그날 오찬은 모든 게 다 되었다고 생각했다. 결과를 냈다고 믿었다.

하지만 그건 자신의 착각이었다.

주변을 둘러볼 여유가 생기자 오찬은 서서히 진실이 눈에 들어왔다.

대한민국과 자신은 그들에게 부스러기에 불과하다는 진실.

이 땅의 주권, 이 민족의 운명이 자칫 오랜 숙적이던 중국과 일본에 잡아먹혀 두 번 다시 회생할 수 없는 처지로 전락할 수 있음을 알게 된 것이다.

살아남기 위해서, 지키기 위해서는 또다시 전력을 다해 뛰어야만 했다.

그러기 위해선 한 사람의 협조가 필요했다.

오찬에게 그 단 한 사람은 선우현성이었다.

"용수야."

"예."

"내가 위험을 감수하면서까지 선우현성을 두둔하고 보호하려는 목적은 하나다. 녀석에겐 우리가 가지지 못한 '힘'이 있기 때문이다. 그는 우리가 반드시 꼭 쥐고 있어야 할, 이 땅과 이 민족의 소중한 인적자원이다. 우리가 그걸 빼앗기는 순간 중동과 아프리카의 국가들이 자신도 모르게 서서히 빠져들고 있는 식민의 그 치욕적인 늪으로 우리 역시 빠져들게 된다. 우리가 흘린 피와 눈물의 결과를 그런 식으로 남게 할 수는 없잖아."

용수는 오찬의 대의를 이해하지 못했다.

솔직히 용수에게 이 땅과 이 민족의 운명 따위는 어찌 되든 상관없었다.

조국과 민족이 자신에게 베풀어준 것은 구속과 비난이 전부였기 때문이다.

하지만 눈앞의 저 남자는 그런 자신을 믿어주고 가족을 돌봐줬다.

그래서 용수의 충성심은 오로지 유오찬이라는, 자신보다 어린 저 사내에게 온전히 향해 있었다.

이는 그에게 은혜를 입은 특구민 모두의 마음이기도 했다.

"그리 생각하신다면 알겠습니다. 명령만 내려주십시오. 저와 특구민 모두 언제까지나 오찬 님만을 따를 것입니다."

"고맙다, 용수야. 지금부터 특별 전담반을 꾸려라. 목표는 선우현성과 그 주변인들을 지켜내는 일이다."

단단한 어조로 말을 끊은 오찬의 눈길이 책상 달력에서 멈춘다.

째깍째깍.

예상 태양흑점 폭발 일자까지 앞으로 38일.

자주국방의 능력을 시험받는 중요한 결전의 날이다.

그날, 스스로 국민을 지키지 못하고 남의 손을 빌리는 나라는 새로운 질서 아래 노동력과 자원 보급창이 되어 말라비틀어질 때까지 정혈을 빨리는 운명이 될 것이다.

'어떻게 해서든 살아남아 조직이 구상한 연방, 그 연방의 당당한 일원이 되어야 한다. 반드시!'

거대한 운명의 수레바퀴는 점점 정점을 향해 굴러간다.

하지만 대부분의 사람은 아무것도 모른 채 어제보다 오늘, 오늘보다 내일이 더 밝을 것이란 막연한 희망에 의지하여 두 손 놓고 서 있을 뿐이다.

*　　　*　　　*

탄생, 혼란, 테러, 침공, 분열.

참으로 다사다난했던 올해도 이젠 제야의 마지막 종소리와 함께 역사의 뒤안길로 사라진다.

차기수 전 국장의 집에서 그의 이웃들이 모여 한 해를 보내고 새해를 맞이하고 있었다.

이웃들의 모임에 단 한 번도 참석하지 않았던 희연도 이날만큼은 참석했다.

"희연아."

희연의 눈치를 살피던 승희는 주방에 그녀와 단둘이 남자

조심스럽게 말을 붙였다.

무시당하지 않을까 내심 걱정하면서도 이번이 아니면 다시는 친해질 기회가 없다는 조바심에 그녀는 애써 용기를 북돋았다.

"아까부터 내 눈치만 보던데… 그러지 마. 과거 따위 나, 연연하지 않기로 했어."

"희, 희연아……!"

"됐어. 과일이나 내가. 난 설거지할 테니까."

"고마워. 정말… 고마워."

달그락 달그락.

희연의 뒷모습을 잠시 응시하던 승희는 오랜만에 구김 없는 웃음을 활짝 지을 수 있었다.

과일을 거실로 내온 승희의 눈길이 한쪽에서 큰 창문을 등지고 앉아 있는 일남이녀에게 머물렀다.

한 남자를 쟁탈하려는 듯 두 여인이 불꽃 튀는 신경전을 벌이고 있다.

무딘 남자는 절대 알 수 없는 미묘한 신경전이다.

'아연아, 힘내! 파이팅.'

민연에게는 미안하지만 친구의 첫사랑이 이루어지길 승희는 응원한다.

"승희야, 미안."

선화가 일어나 과일 접시를 받아 탁자에 올려놓으며 승희에게 양해를 구했다.

선화의 얼굴은 술기운이 올라 불콰하다.

그래도 그녀의 상태는 조준희 기자보단 훨씬 양호한 편이었다.

차기수 전 국장과 대작한 탓에 준희의 정신은 반쯤 외출한 상태다.

그 상태로 어린 지하를 안고 쪽쪽 빨아댄다.

유아 학대다.

지하의 발버둥과 칭얼거림에도 준희는 아랑곳하지 않았다.

애가 타는 것은 지하의 엄마 선화가 아닌 승희였다.

'선화 언니 술에 많이 취했나 봐. 조 기자님을 만류할 생각조차 않네.'

선화의 빈 잔에 상도가 술을 채워준다.

초반엔 모두가 함께 어울렸지만 시간이 지나자 다들 끼리끼리 무리를 지었다.

"준희 언니, 지하 저 주세요. 잠 오나 봐요."

"괜찮아. 괜찮아. 내가 볼 수 있어. 그리고 이런 날 자면 안 돼. 그렇죠, 아버님?"

"고럼. 고럼. 이런 날 자면 안 되지. 자, 한 잔 마셔라, 준희야."

"예입, 우리 새끼도 한 잔 주까? 우쭈쭈."

지하의 작고 예쁜 연분홍 입술에 술잔이 닿는다.

준희의 행동에 깜짝 놀란 승희는 솔개가 병아리를 낚아채 듯 잽싸게 지하를 빼앗았다.

"언니, 아기한테 술이라뇨?"

"자, 장난이야. 장난."

그제야 선화가 반응을 보인다.

"뭐, 준희야! 지하 갖고 장난치지 마."

"오, 우리 선화 아직 안 죽었네. 이봐요, 경상도 씨."

"아, 예, 조 기자님."

"우리 선화 예쁘죠?"

"서, 선녀 같습니다. 헤헤헤."

"쯧쯧, 그래서 댁은 안 돼요. 우리 선화한테."

준희의 관심이 딴 곳으로 이동하자 승희는 지하를 안고 주방으로 피신했다.

안전지대 인(in) 승희의 발 빠른 행동 덕분에 지하는 자유와 평화를 얻을 수 있었다.

상도는 준희의 말을 이해할 수 없다는 듯 고개를 갸웃거리며 물었다.

"그게 무슨?"

"선녀랑 인간이 결혼하는 거 봤어요?"

"선녀와 나무꾼에서 나무꾼은 인간 아닙니까?"

"엔딩이 어떻게 되는지 알죠?"

준희와 상도 사이에 혀 꼬부라지는 소리가 오간다.

"걱정 마십시오. 제겐 노모가 없습니다. 그래서 어디든 선녀 따라갈 수 있습니다. 하하하."

멀쩡한 정신이었다면 결코 이 말을 못 했을 상도다.

하지만 지금은 술과 분위기에 단단히 취해 있었다.

당사자인 선화를 배제한 두 사람의 대화가 길어진다.

"현성 씨, 바람 쐴래요?"

현성의 어깨에 머리를 살짝 기대오는 차민연.

화장실에서 방금 나온 그녀의 얼굴에선 상큼한 비누 냄새가 났다.

아연이 잠시 자리를 비운 틈에 훅 들어온 민연의 비누 향 제안.

그렇지 않아도 답답했던 현성은 그녀의 제안을 냉큼 받아들였다.

"그러죠."

남녀는 내부 계단을 이용해 옥상으로 올라갔다.

네다섯 명이 충분히 앉을 수 있는 평상이 옥상 벽에 세워져 있다.

최근 빛의 발현을 이룬 민연의 힘은 무척 강해져서 이쯤은 아무것도 아니다.

그녀의 빛은 청색.

알려진 광검 5단계 중에서도 최하 단계다.

벽에 의지하고 있던 평상을 현성이 옮겨서 눕혔다.

남녀는 나란히 평상에 앉았다.

"저, 현성 씨."

밤하늘을 올려다보던 현성은 민연의 입김이 귓가를 스치자 무심코 고개를 돌렸다.

그 순간 민연이 대담하게도 현성의 입술을 제 입술로 포갰다.

남녀의 입술은 접착제를 발라놓은 듯 떨어지지 않았다.

마치 정지 화면처럼 둘은 전진도, 후진도… 그리고 진도도 없이 입술을 포갠 그 상태 그대로 머물렀다.

민연이 두 눈을 내리감으며 입술을 살짝 벌리더니 과감하게도 제 혀를 현성의 혀에 살짝 부딪친다.

첫 키스!

남자는 그렇게 생애 처음으로 키스를 맛보고 있었다.

* * *

늦은 취침과 취기로 인해 현성은 정오가 다 돼서야 겨우 눈을 뜰 수 있었다.

잠결에 누군가 제 방에 들어온 것을 느꼈지만 귀찮다는 생각에 반 잠꼬대로 내보냈다.

아연일까? 희연일까? 경상도일까? 뭐, 그게 무슨 상관이랴.

천장만 멀뚱멀뚱 바라보던 현성의 흐릿한 눈동자에 갑자기 섬광이 번쩍였다.

더듬더듬.

현성의 손끝이 제 입술을 더듬는다.

민연과의 키스, 그리고 도망치듯 달아나던 아연.

꿈속의 장면처럼 모호한 영상이 눈앞을 스쳐 지나간다.

지끈지끈.

방에서 나온 현성은 1층 거실로 향했다.

청각을 돋운 현성은 집 안 어디에도 인기척이 없음을 확인할 수 있었다.

주방으로 걸어간 그는 물을 벌컥벌컥 마신 뒤 마당으로 나왔다.

낮은 담장 너머로 이웃집을 본다.

차기수 전 국장네, 승희네, 선화네 모두 쥐죽은 듯 조용하다.

"현성 씨."

뒤통수에서 들려온 여인의 밝은 목소리에 현성은 몸을 돌려세웠다.

옥상 밖으로 상체만 내민 여인을 중천의 태양이 비추고 있다.

"민연 씨가 거긴 왜?"

"어머, 제가 있음 안 돼요?"

"그런 건 아니지만… 그런데 다른 사람들은?"

"시내 유원지요. 현성 씨랑 함께 가려고 전 남았어요."

민연이 겁도 없이 옥상에서 몸을 날렸다.

하지만 현성은 걱정하지 않는다.

특별한 인간들에게 저쯤은 침대에서 뛰어내리는 충격밖에 되지 않기 때문이다.

"거긴 왜?"

"기억 안 나세요? 민호랑 어제 약속했잖아요. 모두 함께 유원지에 놀러 가기로."

"아, 그랬었죠."

"현성 씬 술 약한가 봐요."

민연이 현성의 주위를 한 바퀴 돌더니 그의 팔짱을 다정하게 꼈다.

스킨십의 강도와 자연스러움이 마치 연인들을 연상시킨다.

남자의 표정은 다정다감한 여자의 표정과 달리 무표정하다.

여자 입장에선 불쾌감을 느낄 수 있을 법한데 여자는 이를 전혀 기분 나빠 하지 않았다.

타고나길 저렇게 타고났으니.

"저기, 아연이는?"

도망치듯 달아난 아연의 뒷모습이 눈에 밟히는 현성이다.

"당연히 함께 갔죠. 그거 아세요? 오늘 아연이 얼굴 보고 저, 쩔쩔맸지 뭐예요."

"왜?"

"왜라뇨! 설마… 어제 일 기억 못 해요?"

현성의 팔짱을 낀 민연의 팔이 물먹은 솜처럼 무거워졌고 표정은 돌처럼 딱딱해졌다.

"그럴 리가요. 제 첫 키슨데."

쑥스러움이 가미되어야 정상일 듯한 분위기다.

하지만 현성의 목소리는 평소와 다름없이 담담하기만 했다.

단단한 목석!

"깜짝 놀랐네. 휴우, 어서 씻어요. 같이 가야죠. 다들 기다리고 있을 텐데."

민연이 현성의 등을 떠민다.

그녀의 표정은 기쁨으로 환하게 밝아져 있었다.

그의 첫 키스 상대가 자신이란 사실을 확인했기 때문이다.

* * *

민연이 끓여준 라면으로 해장한 현성은 그녀의 차를 얻어 타고 시내 유원지로 향했다.

도로는 한산했고 행인도 그다지 눈에 띄지 않았다.

그런데 차창 밖 사이드미러에 한 대의 승용차가 비치고 있었다.

집을 나선 순간부터 쫓아오고 있는 차량이다.

현성이 창밖에만 눈길을 주고 있자 의아해진 민연이 묻는다.

"뭘 보세요?"

"아무것도."

"아연인 음식 잘하죠?"

"예."

"저도 노력할게요."

"예."

민연은 자신을 돌아봐 주지 않는 현성의 무성의한 태도에 하늘을 훨훨 날던 기분이 가라앉았다.

민연이 핸들을 틀어 도롯가에 차를 정차했다.

그제야 사이드미러에 고정된 현성의 시선이 민연을 향했다.

"저랑 있는 게 불편해요?"

"딱히."

"현성 씨, 그 말이 제게 상처가 되는 거 아세요?"

민연은 자신과 현성의 관계를 분명하게 해둘 필요성을 느꼈다.

상대가 현성이 아닌 다른 남자였다면 민연은 백번 죽었다 깨어나도 이처럼 단도직입적으로 묻지 않았을 것이다.

"그렇게 받아들였다면 미안합니다."

"그 말도 상처예요."

대체 그녀는 자신에게 무슨 말을 듣고 싶어 이러는 걸까? 그걸 파악하지 못한 현성의 내심은 혼란에 휩싸였다.

남녀 관계에 있어 그는 훈련소에 막 입소한 신병에 불과했다.

민연의 입에서 한숨이 흘러나온다.

"전 우리 관계가 이전과 달라졌다고 생각해요. 이거… 저만의 착각인가요?"

현성은 민연과의 키스가 나쁘지 않았다.

따뜻하고 부드럽고 촉촉한 그 느낌은 아직도 그의 입술 언저리에 불씨처럼 남아 있었다.

언제든 활활 타오를 만반의 준비가 갖춰져 있다.

이 느낌은 언제든 다시 느끼고 싶다.

이걸 말해야 할까? 아니면 좀 더 심사숙고한 뒤에 정리된 무언가를 내놓아야 할까?

자매와의 관계에선 모든 것이 명확했던 현성이었다.

그런데 이 순간만큼은 마치 불투명한 세상에 갑자기 내던져진 느낌이 들었다.

민연의 눈빛과 표정에서 슬픔이, 흔들림이 보인다.

"저도 느낌이 다릅니다. 하지만 그게 무슨 느낌인지 저 자신도 정확하게 알 수 없습니다. 솔직히 어리둥절할 뿐입니다."

척.

민연의 두 손이 현성의 양 볼을 감싸 쥐었다.

그러곤 진지하고 단호한 태도로 말한다.

"다음엔 제가 하지 않을 거예요. 알았죠."

두 번째 키스.

어제와는 또 다른 느낌이 현성의 전신 세포를 두드려 깨운다.

쪼옥.

현성은 민연의 손이 떨어지고 그녀의 입술이 멀어지는 게 섭섭하고 아쉬웠다.

척.

현성이 민연의 팔을 붙잡아 끌어당겼다.

"어멋!"

세 번째 키스는 현성이 시작하고 있었다.

* * *

"팔자 좋네."

"그러게. 신년부터 남 연애질이나 보고 있자니 속이 더부룩한데요."

운전석과 조수석에 앉은 두 남자가 투덜거린다.

뒷좌석에 앉은 남자가 두 사람의 잡담을 끊었다.

남자는 김용수였다.

"유원지에 나간 팀에선 연락 없었지?"

"문제가 발생했다면 곧장 연락이 왔겠죠. 그런데 한 가지 의문점이 있습니다, 형님."

"무슨 의문?"

"갑자기 감시에서 신변 보호로 바뀐 이유가 뭡니까?"

질문한 조수석의 남자는 강력한 의문을 내보인다.

궁금한 건 운전석의 남자도 마찬가지다.

두 남자가 용수의 대답에 귀를 기울였다.

"가치가 있으니까."

기대했던 대답이 아닌 듯 두 남자의 표정에 실망이 떠올랐다.

"명령 변경, 혹시 그분의 뜻입니까?"

"그래."

"하아, 그분의 뜻이라니… 그런데 정확하게 누구로부터 저들을 보호하는 겁니까? 대충이라도 알 수 없습니까? 다들 궁금해하는데."

한참을 뜸을 들인 용수가 대답했다, 아주 단호한 태도로.

"우리를 제외한 모든 자."

* * *

시내에 있는 실내 유원지는 신년을 맞아 가족이나 연인, 친구끼리 놀러 온 사람들로 개장부터 문전성시를 이루었다. 이곳에서 잡일을 맡고 있는 하위 지역 사람들은 이들의 윤택한 삶을 부러움 가득한 눈으로 바라보았다. 그들의 마음에는 한숨만 켜켜이 쌓이고 있었다.

그래도 이들은 나름 행운아들이다.

우선 지역이나 일반 지역 내의 동일 직업 종사자들보다는 임금과 대우가 훨씬 낫기 때문이다.

지금처럼 눈에 보이는 비교 대상만 없다면.

아연과 희연은 각자 솜사탕 하나씩을 들고 분수 옆 조용한 벤치를 찾았다.

모두가 즐거워하며 웃고 떠드는 가운데서 유독 겉도는 아연이 내내 신경이 쓰였기에 희연이 그 이유를 묻기 위해 이곳까지 그녀를 데리고 온 것이다.

"언니야, 무슨 일 있어? 있으면 나한테 말해봐."

"아니, 없어."

"없는 게 아닌 것 같은데. 말해봐. 무슨 일이야? 뭐 힘든 일 있어?"

"정말 없어."

강한 부정은 긍정이라고 했던가? 굳이 이 말을 되새길 필요도 없었다.

숱한 밤과 낮을 서로 의지하며 살아온 자매는 말하지 않아도 느낌만으로 서로의 감정을 알 수 있었다.

아연이 그랬고 희연도 그러했다.

"내게도 말 못 할 일이야?"

"정말 없다니까. 놀이기구나 더 타. 너 놀이기구 좋아하잖아."

"놀이기구 타는 것보다 언니 웃는 게 백배 천배 더 좋아. 뭐야? 뭔데 하루 종일 축 처져 있는 거야? 혹시 나 때문에 그래?"

혜영의 일로 슬퍼하고 방황하던 자신을 아연이 어떤 마음으로 지켜봤을까? 진정이 되고 나서 생각해 보니 자신이 못된 동생이었다는 생각이 희연의 마음을 무겁게 했다.

"아냐, 그런 거."

"나 때문이 아니면 혹시 캡틴 때문이야?"

정곡을 찔린 사람처럼 아연이 움찔거렸다.

'맞구나. 캡틴 때문이었구나. 두 사람 사이에 문제가 생긴 건가?'

희연은 전부터 아연이 현성을 좋아하고 있음을 알고 있었다.

그를 바라보는 아연의 눈빛과 표정에서 쉽게 읽을 수 있었던 것이다.

간혹 희연은 아연과 현성이 연인으로 발전하는 모습도 상상해 봤다.

다른 남자라면 결사반대했겠지만 현성이 아연의 상대라면 반대할 생각이 없었다.

한때나마 희연도 현성을 좋아했다.

그녀는 그 마음을 제 언니, 아연을 위해 곱게 접어 영원히 떠오르지 않도록 가슴 깊은 곳에 파묻었다.

"희연아, 언니 화장실 좀."

자신의 속상한 마음을 희연에게까지 전가하고 싶지 않았

기에 아연은 회피했다.

하지만 그녀의 배려에 순순히 물러설 희연이 아니었다.

일어선 아연을 붙잡아 다시 자리에 앉힌 희연의 표정이 진지해졌다.

"언니가 갑자기 이럴 일은 없어. 계기가 있지? 언니가 이러는 계기. 혹시 민연이 언니 때문이야? 캡틴이랑 두 사람 사귀어?"

희연의 낚시질에 걸린 아연이 표정이 대번에 굳어졌다.

뚝.

솜사탕 막대가 아연의 손에서 동강이 나 바닥에 떨어졌다.

희연도, 아연도 바닥에 떨어진 솜사탕엔 눈길 한 번 주지 않는다.

한참 동안 아연은 고개를 푹 숙인 채 가늘게 몸을 떨었다.

"오빠에게 난… 단지 잘해주고 싶은 그런 여자애였나 봐."

뚝뚝.

파르르 떨리는 아연의 손등 위로 닭똥 같은 눈물이 떨어져 부서졌다.

희연의 표정은 딱딱하게 굳어 풀리지 않았다.

"화, 확실한 거야? 언니가 오해한 거 아냐?"

"이제 그 얘긴 그만하고 싶어. 오빤 우리에게 은인이야. 오빠가 무엇을 하든 우린 지지하고 응원해 줄 의무가 있어. 그러니까 이 얘기 오빠에게 하지 마. 나만 조용히 있으면 우리들의 관계는 변함없이 유지될 테니까. 약속해 줘. 알았지?"

눈물이 그렁그렁 맺힌 아연의 슬픈 얼굴은 대못이 되어 희연의 가슴에 박혔다.

"고백해 봤어? 안 했지? 시도조차 안 하고 그냥 물러난 거지? 언니는 바보야. 좋아하면 좋아한다 왜 그 말을 못 해? 언니가 못 한다면 내가 할 거야. 내가 대신 캡틴에게 언니 마음 전할 거야."

"희연아! 안 돼!"

"놔!"

"희연아!"

자매의 실랑이에 주위 사람들이 무슨 일인가 싶어 쳐다봤다.

가뜩이나 잔뜩 화가 나 있는 희연에게 그런 사람들의 시선이 좋게 보일 리 만무했다.

"뭘 봐요. 호떡집 불났어요!"

수군수군.

희연의 사나워진 도끼눈에 대부분 사람들이 하나둘 걸음을 재촉했다.

그때 저만치서 현성과 민연이 팔짱을 낀 채 다정하게 걸어오고 있었다.

먼저 이를 본 아연은 희연의 손목을 움켜쥐곤 황급히 내달렸다.

성질이 오른 희연이 두 사람 앞에서 무슨 말을 할지 몰라 불안했기 때문이다.

"현성 씨."

"예."

"놀이기구 뭐 좋아해요?"

"유원지는 처음입니다."

"설마 놀이기구 탄 적이 없다는… 뭐 그런 말은 아니죠?"

"그런 말입니다."

"헐, 현성 씬 알면 알수록 천연기념물이네요. 좋아요, 그럼 내가 고를게요. 괜찮죠?"

현성과 민연은 유명 인사다.

유원지를 찾은 대부분의 사람이 남녀를 알아보았다.

개중엔 용기를 내어 사진을 찍자든가 사인을 해달라는 부탁을 하려는 사람들도 있었다.

하지만 현성의 눈빛 한 방에 놀라 지레 겁먹고 달아났다.

그때부터 사람들의 노골적인 시선은 사라지고 흘끔거림만 남녀에게 따라붙었다.

하지만 현성과 민연은 사람들의 이러한 시선을 안중에도 두지 않았다.

"일행을 먼저 찾는 게 순서가 아닐까 싶습니다."

"놀다보면 다 만나게 돼요."

유원지는 현성에게 신세계였다.

그렇다 보니 이곳의 유경험자인 민연의 말이 타당해 보였다.

실내 유원지의 규모가 상당하긴 했지만 그래 봐야 다들 지붕 하나를 이고 있을 뿐이다.

"그렇군요."

"머리띠 안 할래요?"

"머리띠요?"

현성은 그제야 남녀노소 할 것 없이 다들 머리띠 하나씩을 쓰고 있는 걸 눈치챌 수 있었다.

물론 안 한 사람도 보인다.

하지만 그들은 남남 커플이었다.

가까이 가면 퀴퀴한 홀아비 냄새가 날 것 같다.

민연이 머리띠를 골라가며 현성에게 씌운다.

"이건 어때요? 요건요? 저건요? 이게 현성 씨에게 잘 어울리는 것 같은데 어때요?"

현성은 민연의 쾌활하고 적극적인 모습이 내심 의외였다.

고작 머리띠 하나 고르면서 저리 기뻐하고 웃고 이토록 잘 떠들다니.

'그녀에 대해 그동안 오해한 건가?'

"현성 씨, 이거 어때요? 잘 어울리는데."

민연이 골라준 것은 깜찍한 병아리 머리띠였다.

거울에 비친 자신의 모습을 살핀 현성은 이게 자신과 진정 잘 어울리는 것일까? 하고 잠시 고민했다.

하지만 싫다고 말하면 그녀의 머리띠 쇼핑이 계속될 것 같아 내키지는 않았지만 군말 없이 답했다.

"괜찮습니다."

"정말요? 정말 정말 괜찮아요? 오늘 온종일 이거 하고 돌아다녀야 할 텐데… 흐음."

현성은 그제야 민연의 태도에서 이상함을 눈치챘다.

하지만 이제 와서 싫다고 말하는 것도 모양새가 빠질 것 같아 현성은 오늘 하루 병아리 머리띠와 생사고락을 함께하기로 결정했다.

그의 결정에 의외의 인물이 태클을 걸어왔다.

"엄마, 엄마, 저 아찌 은지처럼 병아리 머리띠 해쪄. 병아리가 뚱뚱해. 은지 병아리도 뚱뚱해?"

아이가 제 엄마에게 심각한 표정으로 묻는다.

아이의 엄마는 친절한 목소리로 대답한다.

"아니, 은지 병아린 날씬해."

현성은 무의식적으로 아이를 달래고 있는 아이 엄마를 쳐다보았다.

무표정한 그의 얼굴에 놀란 듯 아이 엄마는 황급히 아이를 안아 들더니 부리나케 달아나 버렸다.

"아기 엄마가 많이 놀랐나 봐요. 하긴 저도 현성 씨 첫인상에 많이 놀라긴 했죠. 그 포커페이스에. 호호호호."

오늘따라 유난히 많이 웃는 민연이다.

"흠… 제 병아리……."

"예?"

갑자기 현성이 진지한 분위기를 잡자 민연은 깜짝 놀랐다.

그가 자신의 장난을 기분 나쁘게 받아들였으면 어쩌나 해서다.

조마조마한 그녀의 표정과 커다란 두 눈을 들여다보며 현성은 뜸 들이던 말을 꺼냈다.

얼굴을 아주, 아주 살짝 붉히며.

"…뚱뚱합니까?"

"서, 설마 현성 씨, 마음에 상처받은 거예요?"

"유멉니다."

"헐, 현성 씨에게 이런 면이 있었다니. 저 진심으로 깜짝 놀랐어요. 호호호."

민연은 자신의 우려가 한낱 기우였음을 알게 되자 마음이 놓였다.

그녀는 현성이 자신에게 좀 더 다가오기 위해 노력하는 것이라 생각했다.

현성과 유머는 백번 죽었다 깨어나도 전혀 어울리지 않는 조합이었기 때문이다.

하지만 이는 그녀의 선입견이다.

현성은 의외로 유머를 잘 구사하는 편이었다. 자주는 아니지만.

민연 역시 머리띠를 골랐다. 그녀와 참 잘 어울리는 여우 머리띠였다.

참고로 민연의 얼굴은 도도하고 새침하며 매력적인 여우상이다.

현성은 자신을 바라보는 두 마리 여우를 물끄러미 바라보다가 내심 피식거렸다.

사람들의 시선, 민연의 달라진 활기찬 태도, 복잡하고 시끄러운 유원지 문화를 접한 그는 처음에 오늘이 꽤 피곤한 하루가 될 것이라 예상했다.

'…의외로 재밌네. 이것도.'

그랬던 현성의 마음이 서서히 풀리고 있었다.

그도 조금씩 즐기기 시작한 것이다.

민연이 폴짝 뛰어와 현성의 팔짱을 깊게 낀다.

그녀의 풍만한 젖가슴이 팔을 짓누르자 현성은 순간 숨이 막혔다.

뭔가를 해야 할 것 같은데 냉정한 현성이라지만 이 순간만큼은 당최 뭘 해야 할지 갈피를 잡을 수 없었다.

내내 팔짱을 끼고 있었는데도 지금 이 순간의 느낌은 확연히 달랐다.

"현성 씨, 저 솜사탕 먹고 싶어요."

"그러죠."

내심의 당혹감과 달리 무뚝뚝하게 대답한 현성은 모양과 색깔이 다양한 솜사탕 앞에서 주저했다.

분명한 목적 앞에서 그는 주저한 역사가 없다.

그런 그가 지금 놀랍게도 망설임을 보였다.

"뭘 드릴까요? 손님."

"그거 종류별로 다 주세요."

"이거 다요?"

고객의 어마어마한(?) 배포에 깜짝 놀란 종업원이 현성을 재차 쳐다본다.

그러다 다른 사람들이 그러했듯 종업원 역시 곧 시선을 돌렸다.

대단한 명성과 그에 못지않은 악명을 날렸던 남자. 지금은 후자의 악명이 오해로 판명되었다곤 하지만 일반인들에게 그는 아직도 여전히 위험한 느낌의 거물로 인식되어 있었다.

계산을 마친 현성은 두 손 가득 솜사탕을 들고 민연에게로 걸어갔다.

그 모습을 사람들이 휴대폰 카메라로 몰래 촬영한다.

모르긴 몰라도 이 영상은 온라인에서 대단한 파장을 일으키지 않을까 싶다.

더욱이 그의 곁에 있는 여성이 누구인가.

"뭘 이렇게나 많이 샀어요?"

"일행들 만나서 나눠 먹으면 되겠죠."

현성은 복잡하고 큰 유원지를 너무 만만히 보고 있었다.

민연은 아까 전에 자신이 한 말을 현성이 있는 그대로 믿고 있는 것에 깜짝 놀랐다.

이 남자 의외로 순수하다.

현성에 대한 민연의 웃음 진 평가였다.

"흐음, 이걸 들고 바이킹이나 청룡 열차는 탈 수는 없으니까. 음… 저기 저 하늘 자전거 타요. 저건 다리만 써도 되니까 솜사탕 사수에는 문제없을 거예요. 괜찮죠? 현성 씨."

연인들이 타기에 적합한 긴 코스의 놀이기구가 남녀의 머리 위로 느릿느릿 지나갔다.

"그러죠."

"현성 씬 의외로 말 참 잘 듣네요. 호호, 아~ 해보세요."

민연은 손으로 떼어낸 큼직한 솜사탕을 현성의 입에 가져갔다.

평소 사람들의 시선을 아랑곳하지 않던 현성조차 지금 이 순간만큼은 타인의 시선이 신경 쓰였다.

한입에 쏙 들어오는 것이면 냉큼 받아먹겠는데 저건 한입에 날름하기엔 지나치게 컸다.

그래도 현성은 주는 사람의 성의를 고려해서 노력했다.

노력해도 되는 일이 있고 안 되는 일이 있는 법.

"한 번에 먹긴 너무 크군요."

"걱정 마요. 나머진 제가."

현성의 입 주변에 붙은 솜사탕, 민연은 마치 모이를 먹는 병아리처럼 이를 조금씩 떼어 먹었다.

장난기 가득한 짓궂은 표정 아래에 흥분과 설렘을 살며시 숨기면서.

제32장
전우가 되어주지

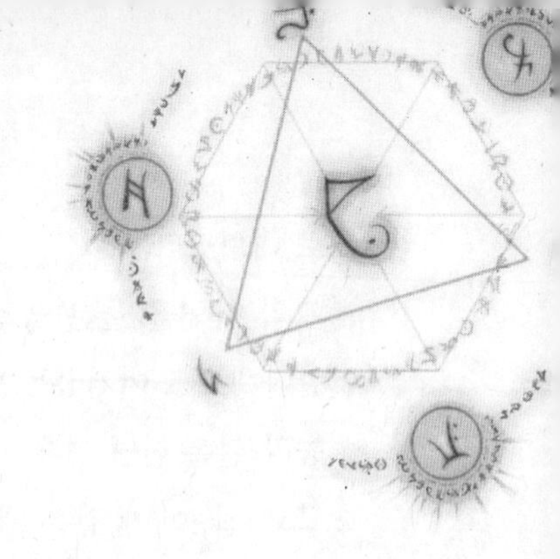

일반 방호 지역 내 집단농장.

아연, 희연 자매의 아버지 유일국을 요양소에서 빼내 현성을 압박하는 카드로 이용했던 노기찬은 필요가 없어지자 가차 없이 그를 버렸다.

이에 분노한 유일국은 노기찬 검사를 상대로 소송을 제기했지만 법도, 언론도, 사회단체도 그를 무시했다.

유일국은 예전 버릇대로 진탕 취해 경찰서에 들어가 화를 내고 난동을 부렸다.

그 결과 그는 죽지 않을 만큼만 두들겨 맞은 뒤 일반 지역으로 내쳐졌다.

그의 사연을 들은 농장의 동료들은 그에게 죽지 않은 걸 천만다행으로 여기라는 말과 함께 얌전히 살 것을 조언했다.

농장 일은 신년 연휴도 없다.

"노기찬, 이 개 같은 새끼. 반드시 복수할 거야. 반드시!"

꿀꿀꿀.

농장 내 돼지 사육장에 배치된 유일국은 하루 열네 시간의 중노동에 시달렸다.

하루하루가 그에겐 지옥 같은 생활의 연속이었다.

"유 씨, 김 씨랑 같이 가서 사료 좀 갖다 줘."

작업반장이 지시하자 유일국은 마지못해 무거운 몸을 움직였다.

일반 지역은 하루에도 수십 명씩 동사자와 아사자가 발생했다.

언론에선 이를 보도하지 않았다.

정부가 통제했기 때문이다.

그러나 정부의 강력한 통제력도 일반 지역에 거주하는 사람들 전부의 입을 틀어막을 순 없었다.

가련하게 죽어가는 사람들은 노동력이 거의 없는 취약 계층이다.

특히 운신이 불편한 노인과 장애인을 방치하다 보니 피해 대부분이 그들에게서 발생했다.

그나마 고아들은 이들보다 사정이 훨씬 좋았다.

정부에서 이들을 거둬 먹이고 있었기 때문이다.

미래의 노동력 확보 차원에서.

사료 창고로 걸어가며 김 씨가 말했다.

"이봐, 유 씨. 얘기 들었어?"

"무슨 얘기?"

"자네 딸들을 납치해 갔다던 스킬러 청년 있잖은가. 선우현성."

현성의 이름을 듣자 유일국의 안색이 크게 바뀌었다.

집안에 스킬러 한 명만 나와도 그 집안은 팔자가 활짝 핀다.

하물며 딸 둘이 스킬러인 유일국은 어떻겠는가.

나락으로 떨어진 유일국에게 아연과 희연은 유일한 희망이었다.

"김 씨, 방금 선우현성이라고 했나?"

"그렇다니까."

"그 녀석 어디 사는지 아나?"

"왜, 찾아가려고? 어림도 없는 소리 말게. 일반 지역민이 우선 지역에 가는 건 절차부터가 까다롭고 복잡한 데다 그 비싼 체류증 비용은 어떻게 감당하려고. 자네, 돈 있어?"

김 씨의 말에 유일국은 크게 낙담했다.

같은 대한민국 땅이었건만 하위 지역 거주민이 상위 지역으로 가는 일은 김 씨의 말처럼 쉽지 않았다.

"망할 놈의 세상."

"원망하면 어쩌겠나. 힘없는 게 죄지."

"내 딸들과 연락만 돼도 이 지긋지긋한 환경 속에서 벗어날 수 있을 텐데… 크흑."

"유 씨, 이런 말 해서 뭣하지만 자네 딸들이 자넬 찾을 생각이 있었다면 진작 찾지 않았겠어? 자네 말처럼 두 딸 모두 스킬러라면 말일세."

김 씨의 말에 유일국은 격분했다.

못나도 부모요, 잘나도 부모가 아닌가.

"뭐야? 내 딸들이 지들을 낳아준 아버지를 버렸다는 거야?"

"아니, 내 말은 그게 아니라. 에잇, 됐네. 그만하세."

툴툴거리며 걸어가는 김 씨의 뒤통수를 바라보는 유일국의 두 눈이 흉흉하다.

'망할 년들, 독한 년들, 지들 아비가 지금 어떤 상황에 처했는지도 모르고 찾지도 않아!'

아연과 희연을 향한 유일국의 원망이 불길처럼 일었다.

학대와 방임으로 어린 두 딸을 벼랑 끝에 세웠던 지난날은 모두 잊은 듯.

유일국이 근무하는 농장 사무실.

말쑥한 차림의 남녀가 들어섰다.

"무슨 일로 오셨습니까?"

"유일국 씨가 이곳에서 근무한다는 말을 들었습니다."

여자가 관리자에게 말했다.

그런데 여자의 말투가 어딘가 어눌하다.

멀쩡하게 생긴 외모와 달리.

'말투가 왜 저래?'

관리자는 의아한 생각이 들었지만 이미 남녀의 신분을 확인했기에 이러한 의문을 겉으로 표현할 수는 없었다.

저들은 최우선 방호 지역 거주민이기 때문이다.

대한민국 사회에서, 아니, 전 세계적으로 거주 지역에 따라 사람의 가치와 등급이 매겨지는 풍토가 어느새 자리 잡혀 있었다.

그렇다 보니 농장 관리자는 자신보다 한참 어린 남녀에게조차 쉽게 말을 놓지 못했다.

"한데 무슨 일이신지?"

"그분의 따님들이 유일국 씨를 찾고 계시거든요."

* * *

쪼옥!

민연은 아쉬운 마음을 가득 담아 현성의 입술에 제 입술을 포갰다.

즐거웠던 나흘간의 신년 연휴가 끝나고 다시 빡빡한 일상 속으로 돌아가야 하기 때문이다.

"주말에 봐요, 현성 씨."

"수고해요."

"아, 정말 가기 싫다."

민연은 좀처럼 발걸음을 떼지 못했다.

막 불타오른 연애 감정이 그녀의 발걸음을 붙잡는다.

현성 역시 민연을 보내는 게 썩 내키지 않았다.

그녀가 지금 배우고 있는 수련은 자신이 얼마든지 시켜줄 수 있기 때문이다.

하지만 현성은 민연에게 이에 대해선 일언반구도 꺼내지 않았다.

아직 자신의 광검도 완성하지 못한 상태였기 때문이다.

묵묵히 바라봐 주는 현성을 뒤로하며 민연이 몸을 돌렸다.

저만치 걸어가던 민연이 갑자기 뒤를 돌아보더니 팔을 휘저으며 소리쳤다.

"바람피우지 마요!"

민연의 경고에 현성은 옅은 웃음으로 대신 답한다.

그녀의 모습이 시야에서 사라지자 현성도 몸을 돌렸다.

연휴의 후유증이 역력한 모습으로 준희가 선화의 배웅을 받으며 나왔다.

현성, 민연 커플은 온라인을 뜨겁게 달구며 연휴 내내 실시간 검색어 1위의 위업을 달성했다.

엄청난 특종을 코앞에서 놓친 준희는 내내 불평불만을 늘어놓았다.

그녀의 불평불만은 민연의 독점 인터뷰 약속으로 잠재울 수 있었다.

"현성 씨, 인터뷰 좀 해요. 이웃사촌끼리 서로 상부상조합시다."

민연만큼, 아니, 그녀 이상으로 현성은 대중의 조명을 받는 인물이다.

그런 그와의 인터뷰를 성사시킨다면 회사 내에서 준희의 위상은 두말할 필요도 없이 더 높아질 게 뻔했다.

문제는 현성의 단호한 거절이었다.

"할 말 없습니다."

"그러지 말고 조금만요."

준희를 배웅하러 나왔던 선화가 나섰다.

"준희야, 현성 씨 그만 괴롭혀."

"내가 언제 현성 씰 괴롭혔다고 그래? 괴롭히는 쪽은 현성 씨야."

"적반하장도 유분수지."

"이선화, 넌 누구 편이냐? 내 편이야, 현성 씨 편이야? 똑바로 말해."

"나? 나야… 음, 현성 씨 편."

"뭐? 너와 나의 우정이 겨우 친구 애인한테도 밀리는 그런 풀뿌리 우정이란 말이야?"

"이번 일만큼은! 그리고 민연이가 대신 인터뷰해 줬잖아. 너니까, 너 생각해서 민연이가 하기 싫은 인터뷰했잖아."

선화의 맹공에 준희는 후일을 기약하며 후퇴했다.

"현성 씨, 그래도 난 포기 안 해요. 선화야, 이따 봐. 호호호."

"휴, 재는 참. 현성 씨, 미안해요."

"괜찮습니다."

"아침은 드셨어요?"

"좀 있다 먹어야죠. 지하 감기는 어때요?"

"많이 나아졌어요."

두 사람이 도란도란 이야기를 나누는 사이 승희의 아버지가 아들딸의 배웅을 받으며 출근길에 나서고 있었다.

"출근하세요, 승희 아버님?"

"예, 지하가 감기 걸렸다고 들었는데 괜찮습니까?"

승희의 아버지 김정호는 배관공이다. 보통의 경우라면 그 기술로 최우선 방호 지역 거주는 언감생심. 이는 김정호 본인도 잘 알고 있었다. 이런 불가능한 일이 가능해진 이유는…

"현성 씨, 좋은 아침입니다."

김정호는 자신과 가족을 도와준 현성과 가끔 얼굴이 마주칠 때마다 깍듯한 태도를 취했다.

"예, 지금 출근하시는군요."

"예, 그럼 전 바빠서."

허리까지 숙이며 인사하는 김정호의 태도는 그보다 나이 어린 현성 입장에서는 받기 민망한 과례였다.

매번 그러지 말라 만류해도 소용이 없었다.

아버지가 이러니 그 자식인 어린 민호까지 덩달아서 깍듯했다.

"아빠, 다녀와."

"그래, 누나 말 잘 듣고."

"응, 바이바이."

"아버지, 다녀오세요."

"그래."

세상이 어찌 돌아가는지 풍문으로나마 귀에 딱지가 앉도

록 들은 김정호는 하루하루가 행복하기만 했다.

차기수 전 국장네 마당.

낮은 담장 위로 고개를 내미는 차기수.

"아침부터 동네 반상회라도 하나? 골목이 시끌벅적하네. 사람 사는 동네는 이래야지. 암, 허허."

모두가 어려워하지 않고 반갑게 차기수 전 국장을 향해 인사를 건넸다.

집은 제각각이지만 인연으로 똘똘 뭉친 이들은 서로를 가족처럼 여기며 아끼고 있었다.

그리고 그 대가족의 제일 큰 어르신은 연세와 인품에서 압도적 우위를 점하고 있는 차기수 전 국장이었다.

차기수의 침착한 눈길이 현성의 얼굴에 머문다.

그 역시 민연과 현성이 사귄다는 이야기를 들어 알고 있었다.

아버지라고는 해도 남녀 관계의 일에 이렇다 저렇다 간섭하는 게 옳지 않다고 생각했기에 그는 때가 되어 두 사람이 정식으로 인사할 때까지 지켜보기로 내심 마음먹고 있었다.

하지만 그렇다고는 해도 자신의 딸과 사귄다는 남자가 어찌 그냥저냥 보이겠는가.

꾸벅.

앞서 인사를 했지만 차기수의 시선에 저도 모르게 다시 허리를 숙이는 현성이었다.

"선화야."

"예, 아버님."

"지하는?"

"많이 괜찮아졌어요."

"그래, 잘 보살펴라. 어른도 감기 걸리면 괴로운데 말 못 하는 아기가 얼마나 힘들겠누."

"예, 그럴게요."

"얼른 들어가 봐라."

"예."

선화가 들어가자 차기수도 승희, 민호 남매를 제집으로 불렀다.

애들 둘이 밥 먹는 게 안쓰럽기도 하거니와 자신도 혼자 먹는 밥이 쓸쓸했기 때문이다.

"어라? 방금 선화 씨 목소리 들렸는데."

급히 세수한 흔적이 역력한 모습으로 슬리퍼를 질질 끌며 나온 경상도의 얼굴에 실망이 가득하다.

"들어갔어."

"그래요? 참, 지하는 괜찮대요?"

상도의 표정은 안타까움으로 가득했다.

선화를 좋아하는 마음이 부쩍 커진 상도는 그녀의 딸 지하를 마치 제 친딸처럼 여겼다.

그의 마음은 아직 일방통행이다.

"가서 물어봐. 아님 병원이라도 같이 가주든가."

"당연히 그래얍죠. 하하, 참, 캡틴."

"왜?"

"아연이랑 희연이 신경 좀 써주세요. 이틀 전부터 희연인 잔뜩 뿔난 것 같고 아연인 영 맥을 못 추네요."

"나도 알아. 하지만 희연인 말도 못 붙이게 찬바람만 일으키지, 아연인 나와 눈만 마주쳐도 고개 숙이고 달아나 버리지. 어쩔 수 없잖아."

시내 유원지에 다녀오고 나서 네 식구가 모여 밥 한 끼 먹지 못했다.

그 이유를 상도는 알고 있었다.

이성 간의 감정이 화목의 걸림돌이 되고 있다는 걸.

"캡틴, 이유를 몰라서 그러는 겁니까? 아니면 알고도 모른 척하는 겁니까?"

설마설마하는 표정으로 상도가 물었다.

현성이 진짜 모르는 거라면 그는 자신이 보고 싶은 것만 보는 돌부처요, 혹 알고도 이를 방관하는 거라면…

'어장 관리… 뭐 그런 건 아니겠지? 에이, 캡틴이 그럴리… 아니지. 남자란 동물이 어디 열 여자, 백 여자를 마다하

겠어. 이거… 선화 씨도 위험한 거 아냐? 괜히 불안해지네.'

집안의 화목을 걱정하던 상도의 근심이 불안으로 성장한다.

자신을 바라보는 상도의 눈빛과 표정이 미심쩍게 변하자 현성이 의아해했다.

설마하니 그가 자신과 선화를 불륜(?)으로 엮어 생각하는 줄은 꿈에도 모른 채.

"무슨 말이지?"

"정말 몰라서 묻는 겁니까? 캡틴."

"말해봐."

"아연이가 캡틴 좋아하잖아요. 여자로서."

"뭐… 아연이가 그렇게 말했어?"

"헐, 기가 막혀서. 캡틴, 세상에 어떤 여자가 제삼자에게 지 사랑을 고백한답니까? 당연히 눈치로 아는 거죠. 그런데 정말, 정말 몰랐습니까?"

현성은 민연이 오래전 아연을 어떻게 생각하느냐고 물었던 일을 떠올렸다.

당시 그녀의 질문에 현성은 아연과 희연을 묶어 '가족이다!' 라고 대답했었다.

지금 와서 생각하니 민연은 그때부터 이미 눈치채고 있었던 게 아닐까 싶었다.

'아연이가 날 남자로… 봤다니.'

순간 현성은 자신의 마음속에서 뭔가가 갑자기 쑤욱 빠져나가는 느낌을 받았다.

* * *

아연과 희연이 불참한 가운데 현성은 상도와 아침을 먹었다. 평소와 달리 그의 아침 식사는 깨작거리는 것에서 끝났다.

제 방으로 올라가던 현성의 앞을 희연이 막아섰다.

표정은 여전히 냉랭하게 한 채.

"아저씨, 나랑 이야기 좀 해."

갑자기 바뀐 희연의 호칭에 현성은 그녀가 아연의 문제를 거론하려 한다는 것을 느낄 수 있었다.

"내 방으로 가자."

희연을 데리고 자신의 방으로 들어온 현성은 묵묵히 그녀를 쳐다보고만 있었다.

서두를 장식할 마땅한 말이 떠오르지 않았기에.

"민연 언니랑 사귀는 거 맞아?"

희연의 태도는 마치 바람피우다 걸린 형부에게 따지러 온 처제 같았다.

그녀 스스로도 이 행동이 얼마나 웃긴 일인지 잘 알고 있었지만 언니의 마음을 아프게 한 현성이 너무 야속했기에 이성보다 감정에 지나치게 치우쳐 있었다.

"그래."

"며칠 전만 해도 그런 기미 전혀 없었잖아. 민연 언니가 고백한 거야? 아니면 아저씨가 먼저 고백한 거야?"

'고백 없이 키스를 먼저 받았다!' 라고 어찌 말한단 말인가.

민연의 그런 행동을 받아들인 이상 민연은 자신의 연인이 아닌가.

"내가 먼저 고백했어."

"그 말 내가 믿을 것 같아? 아저씨 성격을 내가 아는데."

희연은 현성이 민연을 보호하려 든다는 것을 여자의 육감으로 알아차릴 수 있었다.

이를 통해 희연은 남녀의 관계가 이미 상당히 진척됐음을 깨달았다.

'바보 같은 언니.'

속으로만 끙끙 앓는 아연의 모습이 떠오른 희연은 이 상황이 답답하고 화가 났다.

하지만 사람의 감정을 제삼자가 간섭해서 정리할 수는 없는 노릇이 아닌가.

희연은 상당히 감정적인 상태였지만 이것마저 무시할 만큼 막무가내는 아니었다.

"내가 했다."

"하아, 아저씨 진짜 얄밉다. 알아?"

"알아."

"뭘 알아? 하나도 모르면서!"

씩씩거리며 벌떡 일어선 희연은 현성을 원망 어린 눈초리로 쳐다봤다.

하지만 이내 눈에서 힘을 빼고는 어깨를 축 늘어뜨렸다.

"내색하지 마. 언니 스스로 극복하게 해줘. 나도 내색하지 않을 테니까."

"그러마."

"정말… 휴우, 나도 내일부턴 평소처럼 행동할 거야."

떠난 버스를 기다려 봐야 돌아오지 않는다.

이를 확인한 희연은 아연이 스스로 제 상처를 치유하기를 기다릴 수밖에 없겠다는 결론을 내렸다.

탁.

희연이 떠난 빈자리가 현성의 눈에 유난히 휑하게 들어온다.

* * *

현성은 수련을 위해 소백산 은신처로 공간 이동 했고, 경상도는 선화와 지하를 데리고 병원으로 갔다.

희연은 동네나 한 바퀴 돌겠다며 집을 나섰다. 실은 아연이 혼자 생각할 시간을 주기 위한 희연의 사려 깊은 배려였다.

썰물 빠지듯 모두 나가 버린 텅 빈 집.

며칠을 제 방에 틀어박혀 거의 먹지도 자지도 못한 채 홀로 속상한 기분을 애써 삭이며 시간을 보냈던 아연은 오랜만에 거실에 나와 앉았다.

라디오를 튼 아연은 베란다 쪽 창가에 자리 잡고 앉아 멍하니 창밖만 바라보았다.

서정적이고 애잔한 가사와 아름답게 조화를 이루는 맑고 청아한 가수의 음색이 라디오에서 흘러나왔다.

멍하니 창밖만 바라보던 아연의 두 눈은 가슴에 콕콕 박혀 오는 노랫말에 저도 모르게 눈물을 뚝뚝 떨어뜨렸다.

눈물에 젖은 아연은 힘없이 고개를 숙여 무릎에 깊이 파묻었다.

오늘만, 딱 오늘 하루만 마음껏 아파하리라.

그렇게 아연은 다짐하고 또 다짐하며 반복적이고 단조로운, 그래서 머리에 각인처럼 새겨져 버린 노랫말로 자신을 위로하고 다독였다.

따르르릉.

따르릉, 따르릉.

마음을 애써 가누던 아연은 별안간 울어대는 전화벨 소리에 고개를 들었다.

자신이 있는 곳에서부터 전화기가 놓인 위치까지는 불과 대여섯 걸음 거리에 지나지 않았다.

그 거리가 아연은 너무나 멀게만 느껴졌다.

아니, 몸도 마음도 너무 지치고 힘들었기에 포기했다는 게 맞을 것이다.

그녀는 전화 건 사람이 지쳐 알아서 조용히 해주길 바랐다.

그녀의 소박한 바람은 저 무정한 전화통에게 통하지 않았다.

눈물을 훔치며 걸어간 아연은 잠시 제 목소리를 확인한 후 수화기를 들었다.

"여보세요."

—아연이냐? 아연이 맞지?

수화기에서 들려오는 목소리에 아연은 순간 수천 마리의 벌레가 온몸으로 기어오르는 듯한 끔찍한 느낌을 받았다.

기억하고 싶지 않은 목소리, 보고 싶지 않은 얼굴이 떠올랐다. 아연에게 있어서 영원히 부정하고 싶은 존재. 뼛속 깊이 새겨진 두려움을 선물해 준 아버지였다.

부들부들.

하얗게 질린 아연의 입은 떨어질 줄 몰랐다.

현성과 민연의 다정한 첫 키스를 우연히 목격한 이후 아연은 믿고 의지하던 하늘이 무너지고 땅이 꺼져 버린 듯한 느낌에 빠져들었다.

몸과 마음이 이처럼 형편없이 나약해진 상태에서 갑작스레 걸려온 아버지의 전화는 그녀를 더욱더 흔들어놓았다.

아연이 아무런 말도 하지 않자 애가 탄 그녀의 아버지가 버럭 소리쳤다.

학대와 방임으로 어린 딸자식을 죽음 직전까지 내몰았던 아비치곤 참으로 뻔뻔하고 당당한 태도였다.

—아연이 맞지? 이년아, 너 맞잖아! 다 알아. 얼른 대답 못 해?

아연은 수화기가 태산처럼 무겁게 느껴지고 온몸이 사시나무처럼 덜덜 떨려와 수화기를 계속 들고 있을 힘이 없었다.

타악!

수화기는 테이블을 세차게 때린 뒤 바닥에 떨어졌다.

하늘을 향하고 떨어진 수화기가 마치 볼륨을 최대로 키운 스피커처럼 쨍쨍거렸다.

주춤주춤 뒷걸음질 치던 아연은 이내 다리에 힘이 풀려 그 자리에 풀썩 주저앉았다.

아연은 수화기에서 아버지가 튀어나와 제 발목을 잡아끌 것만 같았다.

이대로 잡혀 들어가면 생각하기도 싫은 끔찍한 그 시절로 다시 되돌아갈 것 같은 비현실적인 생각에 빠져들고 있었다.

—야! 야! 아연아, 네 아비다. 아버지란 말이다! 전화받아, 당장! 이놈의 가시나가.

아연은 사력을 다해 엉금엉금 기어가 코드 선을 뽑아버렸다.

쨍쨍거리던 수화기는 침묵에 잠겼지만 아연의 뇌리에선 아버지의 다그치던 성난 목소리가 좀처럼 지워지지 않았다.

그때 문득 여동생 희연이 산책을 나간 사실이 불현듯 떠올랐다.

혹시라도 희연이와 아버지가 만나게 된다면? 생각하기도 싫은 끔찍하고 불길한 사태가 발생할 것만 같았다.

"희연이… 희연이가!"

아버지의 음성에 잔뜩 겁을 집어먹은 상태였지만 아연은 희연을 위해 용기를 쥐어짰다.

그녀는 오래전 지독한 배고픔과 아버지의 폭력으로 만신창이가 되었던 예닐곱 살, 그때의 절박한 아연으로 돌아갔다.

굶주림에 지쳐서 쓰러진 가여운 여동생을 위해 한 톨의 쌀알이라도 구하려고 무작정 대문 밖을 나섰던 그때의 그 심정으로.

외투도, 신발도 없이 아연은 한겨울 거리를 미친 듯이 내달렸다.

여동생에게 위험이 닥치지 않기를, 두 사람이 만나는 일이 없기를 간절히 기도하면서 그녀는 사력을 다해 뛰어다니며 희연의 이름을 가슴으로 목 놓아 불렀다.

"긴급 상황 발생, 긴급 상황 발생! 경호 대상이 무언가에 쫓기는 듯합니다. 명령을 기다립니다."

긴급 무전을 타전한 남자는 곧 김용수의 회신을 받았다.

무전기에서 용수의 음성이 다급하게 흘러나왔다.

―그게 무슨 말이야? 공격받은 것이냐?

"그런 건 아닌 것 같습니다."

―그럼 뭐야?

"저도 영문을 모르겠습니다. 갑자기 맨발로 집에서 뛰쳐나와선 어딘가로 달려가고 있습니다. 대상을 보호할지 아니면 지켜봐야 할지 결정해 주십시오. 방치하면 큰 사고가 날 것 같습니다."

무전기 너머의 용수는 잠깐 망설였다.

최악의 경우가 아니면 절대 보호 대상과의 접촉을 피하라는 유오찬의 지시가 있었기 때문이다.

그런데 보고를 들어보니 결단을 해야 할 것 같았다.

수하의 다급한 보고처럼 대상에게 큰 사고라도 난다면 유오찬의 공든 탑이 하루아침에 무너질 수 있었다.

—보호해. 그리고 위치 전송해.

"알겠습니다. 앞질러 가서 길 막아."

"예, 대체 이게 무슨 일이랍니까."

"잔말 말고 빨리 몰아!"

아연을 뒤쫓던 차량이 속도를 높였다.

부아앙.

가파르게 굽은 도로에서 트럭 한 대가 빠른 속도로 내려왔다.

트럭 운전자는 잠시 한눈을 팔고 있었다.

아연이 모퉁이를 뛰쳐나오게 되면 트럭과 추돌하게 될 위험천만한 상황이었다.

그때 자가용이 아연을 스쳐 지나가더니 그녀의 앞을 가로막았다.

그 순간, 내리막길을 내려오던 트럭이 자가용의 뒤꽁무니를 세차게 들이박았다.

콰지지직.

끼이이익.

쿵!

눈앞에서 벌어진 차량 추돌 사고에 아연은 그제야 정신을 차릴 수 있었다.

트럭에 받혀 720도 회전한 자가용은 어느 집 담벼락을 들이받았고, 트럭은 전봇대를 들이박으며 멈춰 섰다.

트럭 운전자는 사고의 여파로 의식을 잃고 핸들에 얼굴을 파묻고 있었다.

하지만 자가용 탑승자들은 멀쩡한 듯 망가진 문짝을 놀라운 힘으로 단숨에 날려 버리고 전면 유리창을 부수며 밖으로 빠져나왔다.

"윽, 괜찮아?"

"전 괜찮습니다. 우선 보호 대상부터."

아연은 자신을 향해 달려오는 두 남자의 모습에 움찔하며 뒷걸음치다 깨진 유리 조각을 밟고 주저앉았다.

마음은 쉬지 않고 희연을 찾아 뛰어다녔지만 아연의 몸과 정신은 그동안 계속 쇠약해진 탓에 일어설 기력조차 없었다.

"괜찮습니까? 119 불러. 아니다. 용수 형님께 먼저 무전 넣어."

"누, 누구세요?"

혼란스러워하는 아연의 질문에 남자는 난처한 듯 무전 중인 동료를 쳐다보다가 곧 나직한 한숨을 내뱉으며 그녀의 상처 부위를 살폈다.

상처를 살핀 남자의 인상이 살짝 일그러진다.

"유리 조각이 깊게 박혔습니다. 유리 조각을 뽑아야 할 것 같습니다. 아프더라도 조금만 참으십시오."

남자가 아연의 발에 박힌 유리 조각을 뽑으려고 손을 뻗었다.

낯선 자의 손길에 놀란 아연은 엉덩이 걸음으로 뒤로 물러섰지만 남자의 손길에서 벗어나는 건 무리였다.

"나쁜 사람 아닙니다. 아연 양을 보호하려는 사람입니다. 그러니 안심하십시오. 일단 상처부터."

"됐, 됐어요. 제가 해요."

"하지만……."

"괜찮아요. 저보단 트럭에 있는 사람부터 구해주세요."

연이은 외부의 충격이 아연에겐 정신을 차릴 수 있는 찬물이 되어주었다.

그녀는 아버지와 희연이 만날 확률, 그리고 희연이 아버지를 공격할 가능성에 대해 침착하게 다시 생각할 수 있었다.

'아닐 거야. 희연인 그런 아이가 아니야. 내가… 내가 너무 과민했어. 아, 휴대폰이 있었지.'

아연은 그제야 자신이 지나치게 비이성적이었다는 것을

깨달았다.

침착함을 회복한 아연은 발바닥에서 유리 조각을 빼냈다.

아프고 쓰린 느낌과 함께 한기가 동시에 몰아치며 그녀를 더욱더 지치고 힘들게 만들었다.

'희연이를 믿어야 해.'

더 이상 아버지의 그림자만 봐도 겁에 질려 옴짝달싹 못하던 그때의 연약한 어린아이가 아니었다.

이제는 어떤 상황이 닥쳐도 스스로를 지킬 힘과 용기와 이성을 갖추고 있다.

희연이 자신의 지금 모습을 본다면 더 놀라고 상심할 것 같았다.

빨리 몸을 추스르고 집으로 돌아가고 싶었다.

이를 악물며 아연은 몸을 일으켰다.

누군가와 무전 통화를 했던 남자가 트럭 운전자를 사고 차량에서 구조했다.

트럭 운전자는 여전히 의식을 잃은 채였다.

부상의 정도를 생각할 때 트럭 운전자가 아연보다 더 위급해 보였다.

아연은 자신을 치료하는 대신 트럭 운전자를 먼저 치유시켰다.

효과를 본 것인지 트럭 운전자의 혈색과 표정이 한결 편안해졌다.

이를 확인한 후 아연은 힘이 빠져 그 자리에서 주저앉고 말았다.

스스스.

이내 공간 이동 스킬러의 도움을 받은 김용수와 그의 수하들이 현장에 나타났다.

엉망이 된 현장은 용수의 안중에 없었다.

그의 관심은 오직 한 사람의 안전 여부였다.

아연의 상태를 확인한 김용수는 그제야 한시름 놓을 수 있었다.

“아연 양, 저희가 집까지 모셔다 드리겠습니다.”

혹시나 싶어 치유의 스킬러를 대동했기에 용수는 아연을 병원이 아니라 그녀의 집으로 데려가는 걸 선택했다.

* * *

현성의 집은 사람들로 북적거렸다. 현성은 소백산 은신처에서 아직 돌아오지 않았다.

아연의 일로 급히 모인 이웃들만이 온 집 안을 가득 채우고 있었다.

차기수 전 국장과 경상도는 김용수를 마당으로 불러내 자초지종을 듣고 있었다.

용수는 유오찬과 겨우 연락하여 상황 보고를 끝마쳤다.

보고를 들은 오찬은 이 기회를 살려서 현성에게 빚을 지우기로 결심했다.

자신이 더는 그의 적이 아니라는 사실을 이번 일을 통해 알리려는 것이다.

상도는 김용수의 입에서 유오찬의 이름이 언급되는 순간부터 표정이 점점 딱딱하게 굳어갔다.

모든 설명을 다 들은 후에야 상도의 굳었던 표정이 겨우 풀렸다.

'여기가 호랑이 굴이었구나. 그래도 천만다행이다, 유오찬이 캡틴과 등을 돌리지 않아서. 하긴 캡틴 같은 사람을 적으로 두었다간 유오찬이 도리어 발 뻗고 못 자지. 흐흐.'

긴장감이 완전히 풀어진 경상도와 달리 차기수 전 국장의 표정은 오히려 더 굳어진 상태였다.

악랄한 테러범이자 국가의 근간을 뿌리째 뒤흔든 암중의 인물이 유오찬이란 사실을 알고 있었기 때문이다.

이는 그가 특수국 재직 시절에 총력을 기울여 밝혀낸 것이었다.

문제는 이를 밝혀내긴 했지만 유오찬을 체포하기는커녕 쫓을 수도 없다는 점이었다.

유오찬을 잡아들이기에는 그가 가진 국외 배후가 만만치 않다는 신뢰할 만한 정보 때문이었다.

그래서 어쩔 수 없이 방향을 선회하여 유오찬을 비호하는 국내 세력의 일소에 주력하기로 했었다.

그때 밝혀진 인물이 정현수 총재였다.

지금도 그렇지만 당시에도 정현수 총재는 대통령일지라도 어쩔 수 없는 이 땅의 막강한 권력자였다.

그를 자칫 잘못 건드렸다간 국가의 분열과 붕괴까지 각오해야 할 상황이었다.

매끄러운 상황 정리를 위해 어쩔 수 없이 완벽한 전략이 필요했다.

그런데 하필 그때 믿었던 수하의 배신으로 일은 시도조차 못 한 채 틀어지고 오히려 적의 기습을 받아 무너져 버렸다.

정현수 총재가 행한 불시의 그 일격으로 현 대통령은 실권 없는 얼굴마담으로 전락했고 차기수 국장은 불명예 자진 사퇴를 받아들일 수밖에 없었다.

대외적으로는 딸을 구하기 위한 차기수의 용단으로 알려진 사건의 숨은 전말이었다.

"김용수라고 했나?"

차기수는 노장이다. 젊은이처럼 팔팔하지는 않지만 그들에게 없는 노련미와 기백을 갖추고 있었다.

인자하고 온화한 얼굴 그 이면에.

"예."

"어제의 적이 오늘의 친구란 말인가? 자네의 말을 제대로 알아들었다면 바로 그 뜻인데. 내 말이 맞나?"

차기수 전 국장은 김용수에게 있어 이빨과 손톱이 성하지 않은 약해빠진 늙은 고양이에 불과했다.

그럼에도 차기수에게 김용수가 공손한 이유는 현성과 그의 딸이 연인이란 관계로 얽혀 있었기 때문이었다.

"제가 아는 한 그렇습니다."

"그럼 한 가지 더 물어보겠네. 대답해 줄 수 있나?"

"말씀하십시오."

"유오찬, 그의 최종 목적은 뭔가? 뜻을 같이하는 동지라면 그쯤은 알 것 같은데."

유오찬이 소속된 배후와 그 목적을 물으려던 차기수는 질문의 수위를 축소했다.

그렇게 축소했건만 돌아오는 대답은…

"대답해 드릴 수 없습니다."

용수의 돌아온 대답에 차기수는 실망했지만 이내 털어버렸다.

유오찬이 현성을 중요하게 여긴다니 조만간 놈이 추구하는 최종 목적을 알 수 있을 것이란 확신이 들어서였다.

"알겠네. 그보다 아연의 아버지 일은 어찌 된 건지 알 수 있겠나?"

"그 일은 선우현성 씨를 직접 만나서 대답하겠습니다."

"해야 할 말만 딱딱 하는군. 현성 군이 올 때까지 기다려야 한다면 내 집에서 기다리게. 여기보단 거기가 더 편할 테니까."

용수의 시선이 거실 베란다 창문으로 향했다.

현성의 이웃들이 모두 그의 거실에 모여 자매를 위로하고 보듬어주고 있었다.

안쪽은 문제없어 보인다.

바깥쪽은 부하들이 요소요소에 배치되어 만약의 사태에 대비하고 있으니 그것도 문제 될 건 없었다.

이리저리 살핀 용수는 그제야 차기수의 제안을 수락했다.

"알겠습니다."

"가세."

차기수가 용수를 데리고 가자 경상도는 그 자리에서 망설였다.

집으로 들어가자니 여자와 아이들뿐이다.

더욱이 분위기로 보아 낄 자리가 없어 보였다.

"어르신, 저도 함께 있어도 되겠습니까?"

"오게."

"감사합니다. 하하."

* * *

나무둥치에 올려놓은 장작은 강약이 조절된 두 번의 도끼질에 의해 같은 크기의 네 개 조각으로 갈라져 바닥에 떨어졌다.

둥치 옆에는 일정한 규격으로 잘린 많은 양의 땔감이 남자의 손을 기다리고 있었다.

바닥에 떨어진 장작을 주워 한데 모은 남자의 손이 다시금 원통형 땔감을 집어 둥치에 올렸다.

반복적으로 이루어지는 남자의 연속 동작에는 오차 하나 없었다.

장작 패기만 놓고 보면 남자의 실력은 신화경이라 할 수 있었다.

이 작업은 장작이 집채만큼 쌓이고 날이 완전히 저물어서야 끝이 났다.

차곡차곡 모아놓은 쪼개진 장작을 남자는 가옥 옆 창고로 옮겨 재워놓았다.

널찍한 창고 안은 사람 하나 서 있을 공간을 제외하면 장작으로 꽉 차 있었다.

두 번의 겨울쯤은 너끈히 지내고도 남을 양이었다.

탁.

창고 문을 닫아건 남자가 몸을 돌린다.

자욱하게 내려앉은 땅거미는 한 치 앞도 분간하기 힘든 어둠으로 영글어 있었다.

"별빛이 좋군."

날씨는 매섭다.

흔히 말하는 칼바람이다.

도끼질로 후끈 달아오른 남자의 몸은 매서운 칼바람에 금세 식어 허연 김을 모락모락 피워 올렸다.

이곳은 소백산 깊디깊은 골짜기.

하루 종일 장작만 팬 남자는 선우현성이었다.

그는 특별한 일이 없을 때면 성실한 직장인처럼 이곳과 도심 간을 출퇴근했다.

공간 이동이라는 신비로운 초능력이 없었다면 그의 장거리 출퇴근은 불가능한 일이다.

광검 수련을 위해 거의 매일 찾아오는 소백산 은신처.

그런데 최근 이곳에서의 그의 하루 일과를 보면 수련과는 동떨어진 때늦은 겨우살이 준비에만 치중되고 있었다.

수련을 포기한 것일까?

츳츳츳.

둥근 모양으로 느슨하게 말아 쥔 현성의 주먹이 밝은 자광에 휩싸인다.

압축된 그 빛은 단단한 돌덩이 같다.

예전보다 한층 더 안정되고 견고한 모습이다.

불룩불룩.

현성의 의지는 자광의 한 점에 머물렀다.

의지의 힘이 강력해질수록 자광 외부에선 도드라지는 융기 현상이 발생했다.

삼십 센티미터 정도 도드라진 빛의 융기는 거기서 성장을 멈추었다.

'며칠 전보단 안정되고 형태와 크기도 좋아졌군.'

느림보 거북이, 아니, 굼벵이 같다고 해야 할까? 자신이 가르친 자매, 그리고 상철과 인경을 통해 전해 들은 스킬러 나이트의 성장 과정을 비교해 본 현성은 그들과 자신의 실력 향상 속도에 상당한 차이가 있음을 알 수 있었다.

이것은 자신의 수련 경력을 고려할 때 터무니없이 느렸다.

'이 자광은 알려진 광검 5단계 중 그 어디에도 속하지 않는 것이다. 돌연변인가?'

팟.

손을 활짝 펴자 단검 크기의 자광이 빛의 입자가 되어 주변으로 흩어졌다.

그 모습은 마치 수천 마리의 반딧불이 그를 중심으로 회전하는 것 같은 장관을 연출했다.

신비로운 빛의 향연은 곧 어둠의 칼바람에 의해 흩어졌다.

두 눈을 지그시 감은 채 현성은 자신의 내면을 관조했다.

현성은 이 순간을 무척이나 좋아했다. 이때의 그는 그 자신도 모르게 장엄하고 눈부신 미소를 지었다.

천지와 자신이 오롯이 융화되어 저 불교의 우주관에서 말하는 우주의 중심부, 전설의 수미산 정상에 홀로 우뚝 선 듯했다.

마치 타향살이 반백 년 만에 고향 땅을 다시 찾은 자의 기쁨과 안정감이 이러하지 않을까 싶었다.

휘이이이이잉.

펄럭.

혼자만의 깊은 흥취에 빠진 현성을 소백산 칼바람이 세차게 두드린다.

그제야 관조에서 벗어난 현성이 지그시 내리감았던 눈을 천천히 떴다.

자색의 안광이 그의 고요한 두 눈에서 섬광처럼 일어나더니 폭풍처럼 거세게 몰아친다.

'가야겠군.'

내일을 기약하며 현성은 소백산 은신처에서 도심에 있는

자신의 방으로 곧장 공간 이동 했다.

아무도 없어야 할 제 방에 그림자 하나가 잔뜩 몸을 웅크린 채 앉아 있었다.

이를 발견한 현성은 안력을 돋우어 그림자를 살폈다.

"희연아."

잠깐 잠이 들었던 것일까? 그의 부름에 움찔거리던 희연이 웅크린 몸을 펴더니 고개를 들어 그를 바라보았다.

이런 일은 처음이라 현성은 순간 어리둥절했다.

"왜 이제 와? 기다렸잖아."

희연은 불안과 걱정을 내재한 투정부터 터뜨렸다.

방 안의 불을 켠 현성은 희연의 맞은편에 앉아 그녀의 얼굴을 들여다보았다.

맑은 가을 하늘처럼 서늘한 현성의 눈빛은 어찌 보면 범접할 수 없는 차가움을, 또 어찌 보면 모든 걸 다 포근히 감싸주는 따뜻한 느낌을 담고 있었다.

그의 눈빛을 통해 희연은 안정감을 되찾을 수 있었다.

"무슨 일이니?"

"언니가 다쳤어."

"아연이가?"

"그 인간이 전화했대. 그래서 내가 그 인간 때문에 잘못될까 봐 언니가 무작정 뛰쳐나갔다가 다쳤어. 바보같이… 내가 어린애도 아니고."

희연이 적개심을 띠고 '그'라고 칭하는 인물은 단 한 명뿐이다.

현성은 자매의 심정을 생각해서 단 한 번도 그녀들 앞에서 그들의 아버지에 대해 언급하지 않았다.

이것은 이들 사이의 불문율 같은 것이었다.

"아연인?"

"괜찮아. 김용수란 사람이 데려온 치유의 스킬러가 고쳤어. 언니는 지금 자고 있어."

"김용수?"

"유오찬이란 사람의 부하야."

희연의 설명에 현성은 그가 자신들을 관찰, 감시하는 무리의 일원임을 추측할 수 있었다.

"무서웠겠구나."

"조금."

그녀의 말투는 시큰둥하고 짧았지만 표정에 드러난 감정은 많이 혼란스럽고 흔들렸다는 것을 말해주고 있었다.

스르륵.

희연이 자리에서 일어서더니 말없이 방문으로 걸어갔다.

문고리를 절반쯤 돌린 희연이 하던 동작을 멈춘 채 독백처럼 나직이 말했다.

"언니 곁에 있어줘."

그녀의 짧은 말속엔 많은 것들이 내포되어 있었다.

현성은 희연이 무엇을 부탁하는 것인지 느낌으로 알 수 있었다.

그리고 그 부탁의 의미를 희연 스스로도 잘 알고 있었기에 그녀의 목소리는 독백처럼 나직할 수밖에 없었다.

"미안하다."

희연의 몸이 경직됐다.

현성은 이를 느꼈지만 모른 척했다.

"내 말 잊어버려. 그리고 김용수란 남자, 차 씨 할아버지 집에 있어."

현성은 며칠 동안 소백산 은신처에 가지 않았다.

아연과 희연의 곁에서 그녀들을 돌봐줬다.

분위기가 이렇다 보니 경상도 역시 바짝 긴장한 채 경계 태세를 유지했다.

"식사하세요, 오빠."

현성의 방문을 두드리며 아연이 활기차게 말했다.

그날 그 사건 이후 아연은 현성에 대한 감정을 지운 듯 행동했다.

하지만 지나치게 밝은 그 행동이 도리어 주변의 걱정을 사고 있었다.

"그래, 곧 가마."

멀어지는 아연의 발걸음 소리.

예전이었다면 그녀는 분명 이 방문을 열었을 것이다.

하지만 이제 그녀는 방문을 열지 않았다.

현성의 기분과 감정을 고려한 그녀의 배려였다.

우우우웅. 웅웅웅.

핸드폰이 진동한다.

—김용숩니다. 유일국의 거처를 확인했습니다.

자매를 당장 찾아올 것처럼 전화했던 유일국은 무슨 일인지 며칠이 지난 지금까지 찾아오기는커녕 연락조차 없었다.

서두르지 않는 적일수록 상대하기 까다로운 법이다.

현성은 김용수에게 부탁해 유일국을 수배했다.

김용수를 활용한 이상 현성은 유오찬에게 작은 빚을 스스로 자청한 것이나 다름없었다.

현성도, 김용수가 현성의 수족이 되게끔 지시한 유오찬도 이를 알고 있었다.

두 사람의 관계는 유오찬의 뜻대로 풀린 듯 보인다.

"어딥니까?"

—그게… 일본 대사관입니다.

"대사관?"

—예, 유일국을 찾아서 데려온 자들이 일본 대사관 직원들

이었습니다. 그리고 유일국이 일본 국적을 취득했습니다.

일본 대사관도 의외였지만 유일국이 일본 국적을 취득했다는 말은 더 의외였다.

일본이 무능한 유일국에게 직접 찾아가서 그를 자국민으로 모신다? 지나가는 개가 웃을 노릇이다.

"일본인들이 움직인 이유가 뭔지 알고 있습니까?"

—현성 씨를 노린 일본 지부의 포석이 아닐까 합니다. 이번 일엔 저희도 도움을 드릴 수 없을 것 같습니다.

자매의 법적인 보호자는 유일국이다.

일본 국적을 취득한 유일국이 일본을 등에 업고 자매를 데려가려 한다면 합법적인 방식으론 대응이 어려워진다.

또한 유오찬이 속한 조직은 각 지부끼리 발생할 무력 충돌을 미연에 방지하기 위해 엄격한 불가침 규칙을 만들었다.

일본 지부가 이를 깨지 않는 이상 유오찬이나 그의 지휘 아래 있는 한국 지부 역시 대응할 명분이 없었다.

"내가 그들과 담판을 지어야겠군요."

—그건 바람직하지 않습니다. 차라리 잠시 몸을 피하시는 게 어떨까 싶습니다.

"무슨 뜻입니까?"

현성의 질문에 김용수는 곤란한 듯 잠시 침묵했다.

—그 내용은 제가 말씀드릴 수 없습니다. 지부장님과 직접

통화하셔야 할 것 같습니다.

잠시만 몸을 피하면 만사가 해결된다… 라는 뉘앙스.

현성은 의아한 생각이 들었지만 저들이 자신을 곤란하게 만들 이유가 없음을 알기에 유오찬에게 직접 묻기로 결심했다.

김용수를 통해 유오찬과 직접 통화 연결이 가능한 시간대를 확인한 현성은 주방으로 내려가 모두와 식사를 한 뒤 시간에 맞춰 유오찬에게 전화를 걸었다.

그의 전화를 기다리고 있었는지 오찬은 금방 받았다.

—용수에게 이야기는 들었다. 전화 상으로 할 이야기는 아닌데, 만날 수 있을까?

"어디로 가면 되지?"

공간 이동자들에게 장소와 시간 같은 건 아무런 장애도 될 수 없었다.

—화면으로 전송하지.

유오찬이 촬영한 영상이 현성의 휴대폰으로 전송됐다.

이를 확인한 현성은 경상도를 불러 자매의 안전을 부탁한 뒤 영상 속 장소로 즉시 공간 이동 했다.

이탈리아 남부, 나폴리.

현성이 공간 이동 한 곳은 나폴리 외곽 벼랑가에 세워진 고풍스러운 저택이었다.

"오랜만이군, 현성 군."

주변을 둘러본 현성은 묵묵히 그가 권한 자리에 앉았다.

"잠시 몸을 피하면 된다는 이야기를 들었는데. 그게 무슨 말이지?"

"급하긴. 차부터 한잔하지."

쪼르륵.

"허브 차야. 심신을 맑게 해주는 효능이 있지. 마셔."

한 모금 마신 뒤 현성은 찻잔을 내려놓았다.

이만 하면 차릴 예의는 다 차렸으니 궁금한 본론으로 들어가는 일만 남았다.

"후이넘의 침공이 한동안 잠잠했지. 아, 그런 눈으로 볼 필요 없어. 우리와 후이넘은 무관한 사이니까. 그럼 궁금해하는 본론으로 넘어가지. 다음 달 초, 늦어도 중순 안으로 후이넘 3차 침공이 있을 거야. 뛰어난 과학자들이 몬스터 게이트의 비밀을 풀어냈거든."

앞서 있었던 1, 2차 후이넘 침공은 그래도 위협적이지 않았다.

불완전한 게이트로 인해 이쪽으로 넘어온 대다수의 후이넘이 죽어 있었기 때문이다.

그러나 그렇다곤 해도 1차와 달리 2차 침공 때는 온전하게 넘어온 놈들도 꽤 많아 큰 피해가 있었다.

이는 마치 몬스터 게이트가 점점 견고해지고 안정화되어 가는 과정 같았다.

"너희만 알고 있는 건가?"

현성은 놀라지 않았다.

언젠가는 놈들이 또다시 침공해 올 것을 그도 짐작하고 있었기 때문이다.

다만 그게 언제인지는 가늠하지 못했다.

"놀라지 않는군. 뭐, 그게 현성 군의 매력이지. 우리만 아는 게 아니야. 각국 정부의 수뇌진들은 이미 이를 알고 있어. 그래서 인류 보존 계획이란 거창한 미명하에 거주지 제한 조치가 결정된 거야. 우린 거기에 편승한 것이고."

"그것과 나와 자매가 잠적해야 하는 이유와의 관계는?"

"정확하게는 자매만이야. 자넨 상관없어. 그날 너도 후이넘과 맞서 싸우는 대한의 전사가 되어줬으면 싶으니까. 만일 우리 힘으로 놈들의 침공을 막아내지 못하는 상황이 발생한다면 대한민국은 외국의 자원 기지가 될 거야. 간단하게 말해서 도와준 국가의 식민지가 되는 거지. 로마교황청의 성흔기사단은 언급할 필요도 없지. 우리에게 제일 먼저 포섭된 인물이… 우습게도 교황이니까."

현성은 오찬의 말이 허무맹랑하게 들렸다.

이를 눈치챈 것인지 유오찬이 보충 설명을 했다.

"난 내가 인정한 사람에겐 거짓을 말하지 않아. 내 말은 백퍼센트 진실이다. 후이넘 3차 침공, 그날이 인류의 거대한 전환점이 될 거야. 난 그 전환점에서 너와 함께 앞으로 나가고 싶다, 선우현성. 때문에 널 쪽바리들의 간계에 휘말리게 내버려 둘 수 없는 거야. 적어도 너와 난 한 민족이니까."

다음 달 초면 20일도 채 남지 않았다.

대부분의 사람은 영문도 모른 채 끔찍한 악몽과 직면하게 될 것이다.

과연 이 사실을 공표하지 않는 게 옳은 일일까? 하지만 예고된 그 일을 사람들에게 알린다고 해서 그들이 무엇을 할 수 있을까? 괜한 혼란이 될 정보는 미리 차단하는 게…

'…옳겠지.'

"일본의 전력은?"

유오찬은 현성이 일본으로 직접 건너가서 힘으로 담판 짓겠다는 생각을 품고 있는 게 아닐까? 하고 의심했다.

"그 말은?"

"말 그대로다."

"드러난 전력을 비교하면… 우리의 다섯 배. 초반 외국인 스킬러들을 그들이 매수했기에 가능한 전력이지. 우리도 진작 그랬어야 했는데… 알잖아, 대한민국 정치인들의 답답한 그 뒷북. 이제 내가 가진 모든 패를 너에게 보여줬다. 선우현성, 내 손… 잡지 않겠나?"

유오찬의 두 눈은 열의로 불타오르고 있었다.

놈은 나쁜 놈이다.

목적을 위해 수단과 방법을 가리지 않는 흉포한 부류의 인간이다.

하지만 놈은 승률이 높은 쪽에 서 있는 예비 승리자이기도 하다.

역사는 승리자만 기억한다던가?

현성은 허브 차를 단숨에 들이켰다.

대답은…

"전우가 되어주지."

『스킬러』 5권에 계속…

즐거운